世界上
最疼我的人走了

赵 志 刚 — 著

北京日报出版社

我们的爹娘

莫 言

志刚是我的小老乡 —— 他家昌乐，我家高密，同属潍坊 —— 又是我在检察日报社工作十年的同事。他的才华，他的义气，都让我为之感佩和骄傲。

我调到文化部工作后，与报社联系渐少，对志刚的近况不甚了解。不久前见面，获他赠书两本。一本是他静修减肥、重塑身形 —— 也是重塑精神 —— 的记录《新的人生》，一本就是即将付梓的《世界上最疼我的人走了》。

我认真地读了这两本书，甚为感动。读了这两本书我才知道这几年间志刚经历了这么多事。先是慈母仙逝，继而老父病故，然后又是自己的健康急剧恶化。灾难会将一些人压垮，也会令一些人奋起。有的人会破罐子破摔，听天由命；有的人则会在逆境中扼住命运的咽喉。志刚自然是能在逆境中奋起、敢与命运抗争的强者。

《孝经》曰："身体发肤，受之父母，不敢毁伤，孝之始也。"年轻时，对古圣贤的这段话，不能很好理解。为人父母后，始知先贤之言的含义。志刚在遭遇双亲病逝之大恸后，悟出爱护自己就是对先人行大孝之理，于是拜师静修，以坚强毅力，克服了精神和肉体的巨大痛苦，终于得以"脱胎换骨"，获得新生，这也是他的父母所最希望的。

志刚是孝子，他在这本书里，写出了一片孝心，也写出了父母在艰难困苦中不屈不挠地劳动、奋斗的一生。因为同是昌潍地区的人，志刚书中所写的许多事情、许多场景，让我倍感亲切。那些事情，不仅仅在他的家乡发生过，在我的家乡也发生过。他的爹娘的许多经历，也正是我的爹娘的经历。他笔下的爹娘，也正是我们的爹娘。中国之所以历经磨难而不亡，正是因为有我们的爹娘；中国之所以能够在困境中崛起，也正是因为有我们的爹娘。他们任劳任怨，他们勇敢善良，他们在黑暗中不绝望，他们慷慨大度，乐善好施，他们为了追求光明不怕牺牲……他们是最普通的人，也是最伟大的人。他们生前是我们的靠山，死后是我们足下的大地。他们的身体化为泥土，但他们的精神会代代传承。

感谢志刚写了这本书，杂感随录，权为序。

世界上

最疼我的人走了

赵志刚

2003 年夏，母亲以 56 岁之盛年猝逝，病起于心肌梗死。6 年后的 2009 年，父亲经历 100 多天与晚期肝癌的斗争后不治，撒手人寰，尚不满 60 岁。一个是毫无准备地突然离去，另一个是漫长地在病床上被手术刀几度切割。

母亲的突然辞世，给我巨大的精神打击，直接导致我内分泌紊乱，当年即被诊断为糖尿病。父亲癌症晚期，为挽救他的生命，巨额的医疗费，几近倾家荡产。母亲去世，哀哀欲绝，三年始得振作。我悟到：自己能走出伤心，开心地生活，是对逝去母亲最好的交代与孝顺。

生与死，是我们无法把握的，我们能好好把握的是生死之间的一段距离，虚空如画，让我们尽心尽情尽好地挥洒。为感念母恩，我在自己的博客上陆陆续续写了一些短文，2007 年，在母亲冥寿 60 周年之际，以《我的母亲》为书名由黄河出版社出版。母亲的早逝，让我开始观察人生之无常，顿悟到子欲养而亲不待这种回天乏力的心碎与悲痛。

为加倍弥补自己以往对父母的忽略，母去后我坚持每天给父亲一个电话问安，逢年过节陪他到各地旅游，甚至还做了出国的计划。

然而，慈母走了还不到 6 年，父亲就查出晚期肝癌，且是最凶险的肝门部胆管癌。我尽一切可能救治，最终还是没挽留住他的生命。从父亲住院第一天，我开始撰写病中日记，希望他能一天一天好起来，哪知写到最后却是他的去世。安葬父亲后，我把日记编辑为文稿《2009 年春，父亲》，用以记录这刻骨铭心的100 多天。

父母双亲于壮年的早逝给我莫大心灵创伤，因过度悲痛，加上工作繁重，生活方式不健康，身心俱损，不到 40 岁就处于系统性崩溃的前夜：每日服用多种降压药物，注射胰岛素，"三高"、呼吸睡眠暂停综合征等严重威胁着我的生命。2011 年 6 月 1 日至 7 月中旬，我在北京大学哲学系静岩博士直接指导下，对自己的状态做了一次系统性颠覆，身轻心安。我顿悟到，自己能够身心健康地活着，亦是延续父母的生命，亦是尽孝。

今年，是母亲离开尘世第十个年头，按老家的风俗，十年忌日亲朋好友要一起完成一个较为隆重的仪式。春节后，我便开始构思，把写父母的那些碎片化文章重新梳理一下，争取公开出版。除追忆父母的养育之恩，亦作为他们精神上的合葬，当然也希望此书出版后能将我对父母的愧疚、对父母恩情的体悟传递给读者，让更多的人不要有我那么多追悔、遗憾，更好地尽孝，珍惜今生缘，善待亲人朋友以及其他有缘人。

爹娘的遗产是无形的珍宝。无私，无我，忍辱，甘于付出和奉献，不待回报。常忆父母恩，把父母无形之爱传递开去，这正是对父母最好的怀念。今日今时，抬眼窗外，阳光明媚，天空湛蓝无际，白云悠然飘过，鸟儿婉转而歌，醺风里送来院子缕缕玫瑰花香，在我是相信爹娘已达善处了，山河大地，草木丛林，日月星辰，无不是亲人的化身……尽可安心放心……

感恩父母给予我生命，感恩诸多亲朋好友、同事、网友在我哀伤哀痛无法振作的时刻给予的关心与温暖，让我有力量站起来，重新行走在阳光下……感恩痛苦与不幸，让我心灵成长，重获新的人生，新的生活，让我学会爱惜肉身，品味生活，珍惜亲人朋友与人生。

感恩一切。

母亲

去來
無意
（别册）

父亲

母　母亲，你是否看到了我的忧伤

那忧伤，穿透阴阳两界，痛彻骨髓 亲

永远的

娘亲

　　30 岁之前，一直想写我的母亲，尽管我知道无论怎样写，也不能报她对我的爱之万一。终于一不小心，而立之年过去了，我却没有成就一篇献给母亲的小文。

　　母亲，出生在山东安丘（今安丘市）一个破败的乡村。她比我大两旬，同样属猪——这是她解释她为何对我偏爱，而让妹妹经常抱怨的主要理由。其实，母亲对我的爱有更深的一个情结：母亲姊妹五个，没有兄和弟；而她 12 岁时，她的父母，也就是我的外公外婆就已驾鹤而去。

　　1971 年冬月那一天下午生我的时候，母亲很欣慰：血统里终于有一个男孩了。那时才 24 岁的淳朴的母亲就下定决心：不管以后是逃荒还是要饭，一定要活下去，

把我拉扯大。父亲在外当

工人，每个月大概只能回家几

天。母亲养猪、种地，干大量男

人干的活儿。更为重要的义务，则

是养活我和在 1973 年出生的妹妹。

　　20 世纪 70 年代初，山东农村很是

颓败与穷困，母亲后来告诉我，在我出生

七个月后她就没有奶水了，只好嚼一些粗

粮喂我。我在幼年、少年时代乃至今天体弱

多病，大抵与此有关。

　　我 5 岁之前的记忆全部失去了，只记得 5

岁过后，母亲被人打了，她的一只眼肿得老高，我和妹妹趴在母亲的怀里和母亲一起痛哭，只怕她的眼睛会瞎。

母亲没有上过几天学，但是出奇地聪慧：一台古戏（盛行于山东农村的吕剧）她只要听过、看过，就能大致不差地复述出来。直至今天，她在背诵一些经文时，也还保持着年轻时的水准。我开始上学了，她不能辅导我的功课，却教我一些传统的伦理，比如与人为善、知恩图报之类。这些朴素的观念在我的骨子深处扎根，成了我以后求学乃至迈入社会的行为指针。以致后来，我猜测母亲的前世极可能是一个贵族家的大小姐，她的雍容，她的忍耐，每每想来让我感动不已。

我从小一直在母亲身边，和她的感情很深。少年时，我第一次出远门，是到离家80里的县一中上学。第一个星期天回家，邻居告诉我母亲正在地里收玉米。我跑了二里地，找到那大片的玉米地，风吹过去沙沙地响，在地的北头，我大声地喊"娘"。母亲听见了，冲出田间，把镰刀往旁边一扔，抱住我就呜呜哭起来……一周的别离，在母子的心里恍如隔世。

1990年9月，我告别家人到上海读大学。那是在一个秋日黄昏里的火车站台，母亲送我上火车，在金黄金黄的夕阳余晖中，随徐徐启动的火车奔跑 —— 她向我边挥手边抹眼泪，她不能探知这庞大的火车会把儿子拉到哪里，她甚至疑惑：火车为什么一直向西，而儿子是要到东南方向的上海读书。

相亲时,

母亲爬上了树

　　五一期间,我和父亲在饭店吃饭,说起2002年冬天母亲最后一次来京情状之种种,父子相对涕泪沾襟,让身边的服务员惊惶不已——我的确禁不住要想念她。

　　5月7日下午,妹妹和妹夫抵京,说前几日梦到母亲。昨夜更奇怪,我和父亲从0点一直聊到凌晨3点,全无睡意,话题是父亲和母亲的姻缘。

　　父亲只读过几年书,然而他对往事的记忆力真让我叹服,他清楚地记起认识母亲是哪年哪月哪天。1969年,19岁的父亲身高才1.53米,体重还不满百斤,一个瘦弱的不起眼的穷孩子,在乡下已到了娶妻的年龄。尽管也有不少乡亲帮忙介绍,但似乎没人瞧得上这个少年。有一女子虽然应允,但需要父亲拿200块彩礼——

那时的 200 块是个什么概念啊，这亲事就中道结束了。

我四姨（母亲的四姐）的婆婆和我奶奶很熟，突然有一天，就想到把我母亲介绍给我父亲。那时母亲已经 22 岁了，在山东农村，这是个临界点，过了这个年龄的女子再想找婆家就有些难。那时外公外婆已去世十多年，母亲的四个姐姐都出嫁了，大概没有什么人为母亲的婚事操心，一拖时日她就失去了年龄的优势。

父亲和母亲相亲的场景非常经典，这个场景如此深刻地印在父亲年少的记忆中，直到今天，都难以减损其中一点点色彩。1970 年农历四月二十六，母亲和她四姐的婆婆一起过了河。河边是一片密密的树林，23 岁的母亲停下了她匆匆的步履。那婆婆一个人到了我爷爷家，

让父亲到河边与母亲会面。父亲步行到了河边，但是空无一人。其实，彼时母亲已动用她多年练就的攀缘功夫，爬到了高高的树上。她远远地看到了寻寻觅觅的父亲，并看到这个弱冠少年寻人未果而折返的情景。那个时候，母亲心里在想什么，今天已经难以探知。但这位23岁的女子下定了愿嫁到河之北的决心，勇气想必在那天看到瘦弱的父亲后突然鼓足了。这中间的原因用一两句话很难说清，也许是天意吧。

父亲一个人孤单单回来，告知那婆婆并没有人在等。那婆婆很决绝地说，你再回去找，她是和我一起过河的啊！少年再度返回河边树林，母亲已经从树上下来了……两人寒暄了几句就结伴到了爷爷家。大概过了九天，父亲母亲就步行到公社驻地进行了结婚登记。

这一年，父亲被招工到县煤矿当井下作业工人。同年的十一月十六日，他们举行了结婚仪式。第二年的十一月九日，我出生了。

最为痛苦的

场景

农历七月二十四，是母亲大人的忌日。

母亲往生几年了，但我只要一想起她，就心疼若刀割。此次回山东祭奠和父亲聊天，知悉一个非常令我震惊的消息，那就是，母亲在 20 世纪 70 年代中期被打和我有着密切关系。

母亲被打是我们家族的一个重要事件，这也是我童年无法释怀的一幕。如果按照西方精神分析理论，我今天的性格和这段童年经历有直接关联。那天，母亲的右眼青紫，肿得老高。才五六岁的我趴在母亲的怀抱中，呜呜痛哭："娘，你的眼还能好吗？" 30 岁的母亲并未说话，泪水无声而落。

这是我童年最为苦痛的一个场景。

　　还记得母亲被打后的第二天，爷爷推着独轮车，我和大姑跟着，渡河到了大盛医院。那是离我们家最近的一个公社医院，大概七八里地，属于另外一个叫作安丘的县。

　　记得夏天的水很大，丰水期的河水都快把车轮淹没了。

　　打我母亲的人是父亲的四弟，我的四叔。然而，在母亲原谅他之前，我始终没有这么喊过。有一年爷爷过生日，家族中很多亲戚都来了。四叔喝了很多酒后就哭了，对着我母亲道歉，嘴里还说着"都是为了老人……"母亲很宽怀地说这事早就过去了，她也早就原谅这个对她动手的小叔子了。

我其实一直以为是奶奶唆使四叔打了母亲，但此次回家祭母，父亲却透露了其他一些信息，而这些信息让我生出对于母亲的更多愧疚。

父亲在几十公里外的煤矿当工人，每月只能回家一次，每次一两天。父亲带来的最好礼物，是用积攒下的粮票到职工食堂买的一些馒头，一般是四个细面的，还有一些粗粮的。回家后对半分，爷爷奶奶一半，我们家一半。

童年的日子真是艰苦啊，没有什么食物。我极少接触饼干、油条之类，日常的食物都是地瓜干、玉米之类的粗粮，几乎不见油水。所以，对于细面馒头，母亲都是留给我和妹妹，而作为壮劳力下地干农活的母亲从来都不会吃一口。"这次这两个细面馒头全是我吃的吧。"不懂事的我吃完了还向母亲要，急性子的母亲有些不耐烦："没了，那些你爸都给你爷爷奶奶了！"

父亲前些天对我说，母亲并没有让我向爷爷奶奶索要细面馒头之意，但是少不更事的我居然就找到了奶奶。奶奶显然不太愉快，她找到了她二儿子的媳妇，我的母亲。奶奶批评母亲指使我前往讨要馒头，而无辜的母亲就顶了婆婆的嘴。我们的家族很大，爷爷奶奶生了六个儿子，两个女儿，他们从来都是说一不二的。急脾气的母亲的顶嘴让奶奶有些恼火，声调就高了起来。四叔恰在这个时候看见母亲顶嘴的现场，心想这还了得，这大胆的二嫂居然敢气我老娘，就不由分说冲上前去一顿老拳。

多少年后，我问父亲："别人打了你的老婆，你怎么想的? 你为何不报复? "父亲给我的答案我已经忘了，但当时似也把我说服了。然而，今天知道事情的真相，我更为愧疚，我只是为了满足自己的口腹之欲，就让母亲遭受一场身体伤害之劫!

礼

物

八九岁那年冬天，我们一家在村子里拍了一张照片。记得母亲那天兴奋地从柜子里翻出新帽子，喊我到街头拍照。

大檐帽是父亲买的，我非常喜欢。帽子本来买了两顶，有一顶在村前的路上，被冬日凛冽的风吹跑，落入藕塘，捞出来晾干后已变形，没有再戴。上身穿的是一件蓝涤卡改做的衣服，是母亲穿过的，袖子有些长，衣身短，外衣显然无法遮住里面的黑色棉袄。

照片上的我目光深远，倔强，不会笑。母亲总说我拍照时一脸严肃。今天，西去的母亲已经不会再说我什么，而我也会在拍照时摆各种 pose，做各种并不一定真诚的笑脸。

少年的生活是苦涩的，因为穷困。往往很多天吃不到什么炒菜，都是咸菜粗粮，我出现了严重的营养不良。灶台有烟火的时候，基本上是父亲每月一次从煤矿休假回家的那两天。偶有几片肉丝，往往是几双筷子在碗里相互推来挡去。最终母亲是不吃的，受得吃者是我和妹妹。

母亲的规矩很多，家教非常严格，教育我和妹妹常常是用一些很简练易懂却深刻的民间俗语。这些东西后来融入我们兄妹不断成长的身心，化为精神上的一种生存智慧。我有时甚至很疑惑，母亲几乎是文盲，她怎么会有那么多通俗至理的育儿育女格言？比如：吃亏长见识，装孙不蚀本；敬人敬自己；浇花浇根，交人交心；饥时给一口，强似饱时给一斗；等等。

"善根出善苗。"这是母亲说得最多的一句俗话。她一生从来不与人结怨，从来都是与人为善。行善，是母亲最经常说的。我上初中时，一次放学骑自行车回家，突遇大雨，路上一老人艰难行路，全身湿透。十三四岁的我在问清他家在哪个村庄后，冒雨骑车六七里路送老人回家。返回家时天色已晚，母亲也在焦急等候中为我担心。当我说了事情的经过，她非常高兴。

从懂事开始，母亲就严格规范我们的言行。"路遇长，疾趋揖，长无言，退恭立……衣贵洁，不贵华，上循分，下称家……步从容，立端正，揖深圆，拜恭敬……凡出言，信为先，诈与妄，奚可焉。"母亲虽然没有学过《弟子规》，但她对我们的言谈举止所要求的，在我长大后读到这本书，分明看到里面都是母亲教育我和妹妹的内容。这些内容直到今天我们都在信受奉行，受用无穷。

只是，2003 年夏天慈母匆匆西行，不着一语。

正所谓，子欲养而亲不待。

在春节逼近的时刻，我想起慈母的笑容，想起她为我做的一切，我不知母亲在彼岸的生存状况，更无法感知她的喜怒哀乐，只能任自己的泪水长流……

母亲大人，儿在此祝您新年快乐了！

我的病,

娘的痛

30 岁后的某天,一位阿姨在仔细观察了我的左手掌后说,你的呼吸系统、肝、神经系统都有些问题。在我还不太懂事的时候,本村的赤脚大夫用手触摸我的右肋下,也曾忧心忡忡地对我母亲说,这孩子肝大。

肝大,是营养不良所致。我出生的 20 世纪 70 年代初期,正是山东地区最为颓唐之际。食物是缺乏的,尤其是在乡下。我出生七个月时,母亲就没有奶水了,她用嘴嚼着粗粮一口一口喂自己的骨肉,我想象得到,当时 25 岁的母亲眼里是噙着泪花的。

母亲的信念是极为坚定的,就是无论多苦,无论多难,她都会把这男孩养大成人。家里只要有一口好吃的,她舍不得自己吃,都是喂给我以及后来出生的妹妹。然

而，生活毕竟太贫穷，母亲只能眼睁睁地看着我体弱多病的身体，心痛无比。

最初出现了肝肿大，消化不良，持续了多年。大量吃药打针，我的臀部至今保留着因幼时注射而肌肉僵死造成的凹坑。每当触及它，我就想起多病的童年，还有心急如焚的母亲。

大概从5岁开始，哮喘又缠上了我，陪伴了我的童年、少年，长达十年之久。乡下称这种慢性病为"痨病"，所谓"痨病方子，一大筐子"，母亲遍走十里八乡，为我打听疗治的偏方。我记得清楚的药方有两三个，今天回忆起来，依然感到很痛苦。有一个方子是把蓖麻的秸秆烧成灰烬，然后放入锅里和豆腐一起煮成糊

状，吞食下去，由于不能放盐，是极其难吃的。但没有办法，只有硬着头皮吃。还有一个偏方是把麻雀收拾干净，放到掏空内芯儿的萝卜里，在炭火中煨熟，连萝卜和麻雀一起吃掉，也因为不加盐，几乎无法下咽。最后一个偏方似乎是成功的，就是在癞蛤蟆的肚子里放上鸡蛋，用线缠结实后煮熟，只吃鸡蛋。

那时我已经是少年了，吃了几次后，哮喘终于渐渐平息。

十年哮喘，其实最受折磨的是母亲。夜里，我喘得厉害，那无法喘息的声音咝咝作响，如同拉开一张破弓，又如用刀切割肌肉。十年间，那声音始终揪着母亲的心，她常常是扶我起身，用手轻捶我的背以缓解病情。很多的时候，我因不能喘息而哭泣，母亲亦落泪如雨。

读小学后，我开始莫名其妙地偏头疼，那种疼痛感觉就像唐僧念紧箍咒时悟空的疼痛，总之非常难受。安乃近、阿司匹林等便宜药物成了我的伴侣。到了初中时代，除了头痛，鼻子总是出血，似乎有一个无法看到的出血口，只要轻轻一碰，鲜红的血就瞬时流淌下来，不可阻止。母亲找了很多赤脚医生，终于配制了一种药面。她给我分成好多包，只要鼻子一出血，就把药面倒进去，效用似乎不太好。上了大学后这些毛病才有所好转。

高中时代能吃到白面馒头了，父母每周给我5块钱生活费，身体也渐渐好起来，但免疫力依然低下，经常感冒发烧。我周日骑自行车回到煤矿，母亲时常买几斤排骨，煮一锅排骨汤，那香味能飘出好远。吃排骨喝汤的时候，母亲总是疼爱地看着我美美地吃完，才默默吃一些残羹冷炙。成年后我回想起这一幕幕，觉得自己很自私。

上大学的时候，有一年，我觉得肝区疼痛，就在写给父亲的信中透露了一下。母亲非常担心，和父亲简单商议后就登上了到上海的火车。那天我并不知父母的到来，大概是到其他学校会老乡去了，回到学校时，风尘仆仆的父母已经坐在3号楼208我的宿舍里了。

我的病，娘之痛。所能记得的，只是一些浮光掠影。母亲在我生病时候所有的担心、焦虑、疼痛，今天的我只可感知万一。母亲走了，但她在天国依然爱怜着我，佑我。

　　母子连心。娘啊，请放心，我会好自珍惜，因为您的爱子还有更重要的使命没有完成，我还要照看您的至爱 ——我的父亲，妹妹，还有其他您惦念的亲人。

那一次，

母亲不再把我当小孩看

不太了解我的人多认为我性格温和，不易发火。其实不然，很多朋友在不同场合，都目睹过我的坏脾气。但对于母亲，我几乎从未冲撞过，慈母的教导、批评、嘱托，在我看来都是"金口玉言"，言听计从。

因我从小特别听话，四邻八舍、亲朋好友中都风传母亲在一双儿女中特别偏爱我（其实母亲对我和妹妹一视同仁，只是妹妹不似我那般听话，经常挨一些责备而已），而少时的我似也很受用这种"偏爱"。如小时候的初春，万物复苏，冰雪也渐次消融，我在村前的藕塘冰面上玩耍。有同村长者劝我不要跳跃以免掉落冰水中，挨长辈责备。我则兴高采烈地拉着长调答曰："俺娘打海燕（妹妹志霞的乳名）不打我! 俺娘打海燕不打我! "

意思是即便我掉进冰水中，娘也不会打我，而如果妹妹这样做了，就会遭打。

有一年冬天，我真的掉进冰水中，不敢回家，躲在三叔家的门口晒太阳。想不到的是，冬天的太阳并不温暖，湿透了的棉裤反而结冰了。三婶出门发现了可怜的我并告诉母亲，娘找到她的傻孩子后一句话也没说，静静地把我领回家换上了干衣服，而她则在灶台上默默地把那结冰的棉裤烘干。

我和母亲唯一一次直接的，也是最严重的冲突，应该是在我上学前，8岁那年秋收后。从田地里收回的玉米秸堆在自家房子后面，一大早天蒙蒙亮，要趁太阳未升尚有露水时，把一株株玉米秸上软的叶子撕下来，用机器磨成饲料喂猪。那是一种很机械、工作量很大的劳动，强度不大，但很费时间。

我和母亲一起撕玉米叶子，可能是干累了，而妹妹还在睡懒觉，就有些愤愤不平。母亲很严厉地批评我，由于以往她对我多是和风细雨，那天，她的批评在我少年的心里大抵有些承受不住，一怒之下，我拂袖而去。母亲问：要去哪里？我说：我要走，不在这个家里了！母亲接着说：走了省事啊，以后也不用给你盖房，不用给你娶媳妇了。

我当时只是生气，并无出走的目标，然而就这样负气向村北走去，走了大约二里地，在一个浅水湾旁边遇到了大姑，姑姑问我到哪里去，我随口说到另外一个村去，而朴实的大姑并不知我和母亲有了口角，所以并未阻拦。

之后的情形我已经忘了，可能是在外面转了半天，最后在傍晚没有地方可去，又转回到我们的村子，而那时我的怒火还未消减，就到了村东边的五婶家。

我和五婶痛说了母亲的诸多不是，并表明了自己极大的委屈。清楚地记得五婶听完我诉说后的笑意，那笑当然是笑我的幼稚、好玩，善良的五婶好像为我包了饺子，是一顿美食。

五婶通知了焦急寻找的母亲，见到我她就笑了。我却一脸严肃，似是不原谅。这次事件使母亲看到了我性格中刚烈的一面，从此不再把我当成小孩子。

那一年，在母亲的眼中，我已是不再能被人轻视的男人。

上海，

父母就这样来了

对于母亲，我已经写不出什么来了。昨天发生的一切，都如同梦境，多数情节都无法记起。今天写的是母亲唯一的一次上海之行。当时我在华东政法学院读大学。

四年的大学，其实是体验亲情的人生之旅。尽管我已经成年，但丝毫没有独立生活的能力。那时，父亲在一家工厂上班，每月不到 200 块钱，母亲在单位打扫卫生，也只能拿到可怜的 50 块。我和妹妹上学，都要许多钱支撑。而且，爷爷的身体也不好，需要父母以及大爷、叔叔们轮流照料。

正所谓上有老、下有小，父母面临人生最艰难的一段岁月。即便他们再省吃俭用，也不能冲抵各种开支。

母亲那时身体已经相当不好了，但她有了病从来不看，为的是省出钱来供我们上学。闲暇的时间，我知道母亲还在煤矿附近的路上拣煤渣，靠日积月累换一些可怜的碎银补贴家用。

坚强的母亲从不认输，她曾说过，就是要饭也要把你们培养出来。她对我的爱体现在每一个细节上，让我永远无法忘怀。

不记得是 1992 年还是 1993 年的春天了，在一封家书中，我简单提及肝区有些疼，没有确诊是否患了肝炎。母亲一下就紧张起来，她知道我小时候曾经有过肝大的毛病，一直没有治愈。

母亲和父亲在一个下午突然造访了上海。我没有提前被告知，所以也无法前往火车站迎接。两个没有念过几天书的亲人就这样到了沪上。父亲说，他和母亲一夜没有睡，因为没有座位，双亲站着、蹲着，很没有尊严地劳累了一路。

母亲询问了我的情况后，见我没事，立即要走。在我的坚持下，他们逛了华东政法学院对门的中山公园，还有外滩。一日踏尽上海滩，对于上海，他们并没有多少感性认识，就踏上了归途。

当时拍了一些照片，记录了他们在上海的游历。他们朴素的衣着、满面风尘的样子，今天看来，更让人心痛。

匆匆来去的

北京行旅

　　我从 1994 年 7 月起开始为社会服务，那年我 23 岁。对于我这个异乡人来说，这意味着自己已宿命地走上一条背井离乡的不归路，远离爹娘，远离亲人。伤痛的时候也只可在城市的角落孤单地舔舐流血的伤口，并不能告人，包括爹娘。

　　刚毕业时，似乎还写过一两封家书，后来开始浮躁地用电话取代。电话也不是经常打，打的时候也只是几分钟，三言两语。心已充满尘世浮华，无法天天惦记亲爹亲娘了。

　　刚毕业的前几年，每年回山东的次数很少，有两年甚至干脆没回家过春节，待在单位加班。彼时，父母在除夕之夜是一种怎样的感受啊，当儿子在北国的大年夜

对来年满怀壮志豪情时，他是难以体会含辛茹苦养儿育女的爹娘，有着一种怎样的凄凉。

完全是一种自私自利的念头，在统治着我这个"有为青年"。心里没有了爹娘，没有了亲人，只有自己的前程。孝，实际上已经被所谓的尽忠挤压到了最小，以致我竟多年无心专门邀请父母来京游玩。

从大学毕业参加工作到2003年8月母亲去世，这整整九年间，她到北京一共才三次。

1999年，单位分了房子，母亲知道我很忙，估计没有时间搞装修，就动员父亲一起到了北京。这是他们首次来到伟大祖国的首都，此时我参加工作五年多了。他们在陌生的京西一起买各种装修材料、生活用具，每天盯在现场，居然没有拿出几天时间转转。记得后来我终于挤出了可怜的两天陪他们到了动物园，到了颐和园，走马观花。房子装修结束，父母就匆匆返回山东。

第二次到北京，是因为我女儿生病。他们过来是为了照顾孩子。具体日期忘了，发生了什么也记不清了，但时间肯定也是非常短的。父母第三次到北京，是2002年的11月，是在我的强烈要求下来的。后来妹妹告诉我，母亲在来京之前权衡再三，非常不情愿来，还哭了一场。

母亲和北京的缘分的确很浅，对留在她记忆中的北京并没有多少美好的印象。问题在我，这也是我心痛的最主要原因之一。当我忙于事业，忙于名利，却远离了尽孝。今天，思想日益成熟后我开始反思，开始忏悔，母亲却已撒手人世——即便你有心有力并试图尽孝，母亲已不在了。

何等痛切啊。耳畔是那首凄美的粤语歌曲《念亲恩》：

长夜空虚使我怀旧事 / 明月朗相对念母亲 / 父母亲爱心 / 柔善像碧月 / 怀念怎不悲莫禁 / 长夜空虚枕冷夜半泣 / 遥路远碧海示我心 / 父母亲爱心 / 柔善像碧月 / 常在心里问何日报 / 亲恩应该报 / 应该惜取孝道 / 唯独我离别 / 无法慰亲旁 / 轻弹曲韵梦中送

大学时代，当我学唱陈百强的这首歌时，只是为那婉约的歌声所动，不能体会其中的深意。今夜听这歌，默默体悟词曲中蕴藉的爱与哀愁。

　　母亲，且等我，愿来世再做您的儿子，那时，我会好好地做。

夜色中的

最后一次拍照

　　母亲最后一次来北京，是 2002 年的初冬。当时，因为好久没有见到父母了，甚为想念，就数次致电，催促他们过来。

　　冥冥之中母亲觉得有什么不对劲的地方，就特别不愿意展开这段行程。后来拗不过，就乘坐父亲单位领导的小车上路了。但事后妹妹对我说，母亲在上路之前曾经很莫名地痛哭了一场。

　　那次的旅程非常不顺，堵车，下了高速公路，好像是绕到了河北某地。母亲开始喘不动气，父亲动用了一些急救药也不太奏效。而令人倍觉神奇的是，就在堵车现场处不远，有一家小医院。大家七手八脚把母亲抬到医院，经过医生紧急抢救了 20 分钟，老人家终于缓了过来。她那次经历的，是一次比较严重的心肌梗死，如果不是恰好附近有那家医院，恐怕就会有生命之虞了。

父母到京后，我赶巧参加新闻出版总署一个为期15天的培训班，逃不脱。每天在平安大街一个地下室上课，而且吃住在那里，被禁锢的我时刻挂念孤单的父母，却没有办法陪他们。

那次在北京，母亲在我家中，抱着她的小孙女拍过两张照片，这也是她和孙女的唯一合影。

培训班结业前两天，我把父亲母亲接出来，陪他们欣赏了平安大街的夜景。为她拍了一张照片，夜色中的母亲一脸的笑意。但想不到的是，这竟然是我最后一次为她拍照。那几天，北京刚下过一场大雪，天有些冷。陪父母下了馆子，为他们点了两份鱼翅。那顿饭，是我请父母吃的最贵一餐，花了960元。也是我请父母共同吃的最后一次正餐。母亲在餐桌上一直絮絮叨叨地批评我浪费，并说自己吃素，不应该点这么贵的饭菜。忆念这些场景，遥想母子一场几十年的缘分，此刻，又忍不住落泪，泪水大颗大颗滴在脚下的地毯上……

2006年五一前，我还在浙江出差就和父亲商量，过节和阿姨（父亲第二任妻子）一块到北京来转转。五一节当天晚上，他们如约而来。这是父亲再婚以后第一次和阿姨双双来京。对此，我的情感非常复杂。

父亲在心脏搭桥手术后，一是身体得以复原，重新走上健康之路；二是感情生活也因阿姨的进入而有了新的开始。我和妹妹怀念慈母，常常心痛得落泪。但我们都明白，忆念慈母，就要好好照看父亲，照顾好自己，就要尽量满足父亲的物质和精神生活，不可陷于一种狭隘的爱而自扰。阿姨是一家医院的护士长，性格温和，对父亲关爱有加，我和妹妹非常尊重她。父亲虽然经过手术，但心脏终究还是有病的，身边需要有人照料。妹妹出嫁了，我在北京工作，都不可能在他身边，比父亲小7岁且有专业医护知识的阿姨当然是最好的人选。阿姨的到来，是父亲的福分，也是我们兄妹的福分。

5月4日，我陪父亲和阿姨到了雍和宫，这是北京地区规模最大、保存最完好的藏传佛教寺院。父亲在这里认真上香，虔诚无比。阿姨也跟着父亲一起烧香，默念。注视他们默契的神情，我从心底里生出一种欣慰之感。

永远的

鞋垫

从我记事起，脚下的布鞋、棉鞋都出自母亲的手。母亲是精于女红的，四邻八舍都对她的巧手赞不绝口。我和妹妹的单衣、棉衣、鞋子、被褥，都是母亲一针一线做出来的。家里有个针线笸箩，里面有锥子、顶针、纽扣、麻线等等，母亲做鞋、做衣服、缝缝补补，用的都是笸箩里的工具。由于白天要下地干农活，母亲大都是在晚上昏暗的煤油灯下开始这些针线活的，针线在她灵巧的手里飘过来荡过去。剪鞋样，粘鞋面，纳鞋底，鞋边，最后把鞋面和鞋底缝合起来。朦胧的灯影里，在我和妹妹轻轻的鼾声中，一双双新鞋就这样慢慢地完工了。

1990 年 9 月，考上大学到上海报到前，母亲为我做好了崭新的被褥。那也是我生平第一次远行。车是从烟台开往上海西站的，从方向上看，从我们县城上火车，要先西行至济南才转弯南行。母亲是没有地理概念的，她只知道上海是在我们家的东南方向，火车怎么要向西开？所以，母亲去世后，我曾经在献给她的诗中记录了这个场景：

母亲，还记得1990年秋天西行的火车吗／我看到了夕阳中你的奔跑，你不知这火车会在济南转弯，南去上海／少年的心还沉浸在远行的兴奋中，你却陷于忧伤／你感受到了离别，感受到了不能把握。

1994年7月，我大学毕业分配到北京工作。母亲很高兴，她依然花费了很长一段时间，精心为我做了一套全新的被褥。7月24日，父母把我送上了北去的列车。从此，我开始了在异乡孤独的流浪与打拼。很多时候，满脑子名利的我忽略了母亲。每年仅有几次探望父母的机会，而回家后也停留不了几天。即便是短短的几天，也被别人拖出去喝酒。有一次，被一个小学同学灌醉后，母亲甚至很严厉地骂了他一顿。我那次醉得很深，母亲一口一口用嘴喂我水，心疼得泪落如雨。

工作以后，母亲不能见到她的儿子。她疼爱我、思念我的方式，就是默默地做鞋垫，一双一双没有停歇地做，鞋垫上绣上花或者福字。有一次回家，妹妹告诉我，娘给你做的鞋垫够你用一辈子了。有一年，我的同事王刚出差到山东，顺路看望我父母时，母亲还送了他几双鞋垫。母亲去世后，他还专门写了一篇文章来追忆这件事。母亲在世时，我并没有深刻感受到她做鞋垫的深意，而当她猝然西去后，我才体会到：鞋垫垫在脚下，母亲就在身边。母亲的爱和恩情，时刻缠绕着我，让我站得稳走得正，踏踏实实闯天下。

今天，在我的保险柜里，还珍藏着一摞鞋垫，那是母亲送给我的最后的鞋垫。每次打开柜子，看到这些鞋垫，慈母的爱都油然升腾在心头，让我无法释怀。我舍不得再穿了，这些鞋垫，连同母亲的爱，陪我今生今世。

别母

东山阿

我们县城的东边是一片连绵起伏的丘陵，有一座山被称作草山，并不高。山上主要是松树，有风吹过，松涛声煞是好听。

1987年秋至1990年夏，我在县一中读书。下午课结束，多是和同学结伙爬山。登至山顶，西北望去，便可看到夕阳下县城的全貌，风景甚美。

草山以东的丘陵和山，被城里的居民统称为东山。母亲似和东山有很深的缘分。1997年，我们家从镇上迁到县城东边煤矿的宿舍区后，母亲就经常徒步往返东山。每次从北京回山东老家探望父母，母亲多在清晨带我散步，从家里出发，步行两公里多，就到了东山脚下。我们边走边聊，聊很多细碎的事情。慈母的询问与嘱托，都在温暖的话语之间。

东山脚下,有一块盆地,被称为"金盆底",土地肥沃,庄稼长势喜人。散步锻炼外,母亲夏天还经常在玉米地里拔草,喂妹妹家的兔子。

母亲喜欢的东山,冥冥之中成了她的归宿。慈母走后,妹妹才告诉我,她其实早就安排了自己的后事。我们农村老家有片公墓,在河的北岸。2000年以后,母亲常对妹妹说,我死了不要把我送回老家,那块坟地在河边,夏天一发水,就会把坟冲走。你们真是孝顺的话,就把我埋在东山。

2003年8月20日下午,母亲和父亲在我家的楼下下棋,一种很简单的棋,只是用粉笔在地上画上棋格,然后一方用极小的短木棍，一方用小树叶。妹妹说，母亲和父亲下棋时有说有笑的，下棋结束后，还亲手烙了馅饼，一起高高兴兴吃了晚饭。

当夜10点，母亲于懵懂中醒来对父亲说，风声很大，你看看去。父亲起床看了看窗子，并无风声。凌晨1点多，父亲听母亲说了一句"我这是怎么了"，就把侧身睡的母亲翻转过来，牙关已经紧闭。父亲为她撬开牙关，母亲长出了一口气——父亲感觉这口气不同以往，就赶紧抢救，然而，一切努力都无法挽留慈母匆匆的脚步了。

母亲仙逝之时，还不满56周岁。她西行的凌晨1点多，我还在福建出差。接到同学王磊的电话时，已是早上7点。

从东山岛到厦门，到福州，到济南，到昌乐，换了多种交通工具，花了12小时的时间，我的奔丧之旅才结束。当我回到慈母身边，跪在冰冷的床边痛哭，母亲再也不理我了。为母亲守灵的三天，我的泪水几乎流干，痛感自己对于母亲的忽略和人生的易逝、无常。

按照母亲生前的意愿，我们决定把母亲安葬于东山。

经过各方努力选定的墓地，就在母亲经常拔草的地方，在金盆底旁边一片茂密的玉米地中间。当天，姑夫托人买来上好的石料，母亲墓穴的开掘、建设进展顺利。

2003年8月23日中午，载着母亲骨灰盒以及所有亲朋好友的大客车徐徐启动，天空突然下起了大雨 —— 老天亦为慈母哭泣。而当我们在泥泞的墓地完成所有送葬仪式，骨灰盒放入墓穴，大雨戛然而止，一道道耀眼的阳光从云彩间照射下来。

母亲就这样走了，重新回归大地。她并不痛苦，如沉睡般走得安然，而把无尽的痛苦和想念留给了我们。慈母走后的三年，我尽管已从极度哀伤中慢慢走出来，但是一旦想到她，就心如刀绞，丧母之痛，痛何如哉。

母亲的

去 世，让

我 开 始 观 想 人

生之无常，很多观点发

生了改变。我不再像以前那么

浮躁，对于生活，开始有了一种不同以

往的新的态度。每逢春节、清明、七月十五中

元节、忌日等重要日子，只要能回，就赶到母亲的坟前，

抛洒怀念的清泪，感念母恩。

问君残泪抛何处，慈母青冢啼哀乌。

三载离恨愁似水，九天云外音容殊。

你知道得

太少了

　　有一年五一，父亲的一位至交也一起来到北京。和他聊天中，我数次提及母亲的一些往事。哪知这位长辈竟然对我批评起来，大意是：你对你母亲根本不了解，你知道得太少了!

　　他说起我在上海读大学期间，没有工作的母亲为了多挣一些钱，经常到附近的小煤矿拣煤，每天消耗大量的时间和体力才卖几块钱。有一次，她被落下来的煤矸石打得头破血流。我得知的事实是，母亲差点被迅速驶来的装煤的翻斗车埋葬! 母亲忍受身体上的劳累、精神上的屈辱，做这样一些辛苦而危险的工作，目的仅仅是为了自己的儿子好好读大学!

　　"哪怕是要饭，也要把你供出来。"这是母亲说得最

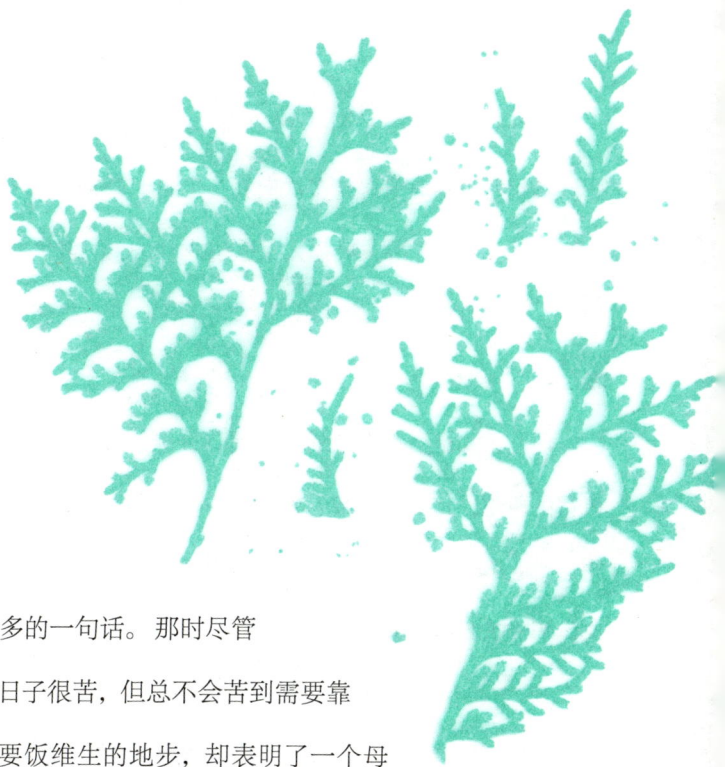

多的一句话。那时尽管

日子很苦，但总不会苦到需要靠

要饭维生的地步，却表明了一个母

亲对于儿子接受教育的坚决态度。

　　那时，爷爷奶奶身体不好，需要照顾；我和妹妹上学，花很多学费，而父亲每月的工资不到 200 块。1990年到 1994 年，我读大学的四年，大概是我们家最为窘迫的时期。每个学期要到上海报到前，总是要拿几百块钱走。但当时太寒素了，母亲的手中连几百元现金都拿不出，四下借钱。但是很多人，包括很近的亲戚都冷漠地拒绝了。母亲是流着眼泪到处借的，她忍受着屈辱，是为了她的儿子，为了儿子有尊严地活着。

"以德报怨"，是母亲多次向我交代的。母亲说，求人不易，求人易受辱，只要人家张嘴求你的，能帮忙就帮忙。母亲的教诲消解了我的怨气，培养了一些慈悲之心。

现在，我是受人尊敬的。但是，今天的一切，包括赢得的尊重，其实是母亲忍辱换来的。我不可有一丝自得。学习母亲的优良品格，就是要学会忍辱，学会忍受肉体的痛苦和精神上的屈辱。

母亲过世后，我曾经陷入无限的悲伤，甚至以酗酒来麻醉自己的神经。但是，现在我已经走出悲伤的阴影，转而通过深深缅怀，通过学习母亲大人的慈悲来纪念她。很多朋友劝我不要再沉溺于过去，要我往前看，我非常感谢。眼下，我要记录、写作这些事，在缅怀之外，更重要的是学习。

忆母母已逝。一位哥哥发来短信说："请在百忙中抽出五分钟，怀念母亲！她给予我们生命，给予我们最朴素的为人理念，使我们能堂堂正正做人。感恩！在这个特殊的日子。"在母亲节的今日，我写下这些，包括以前的点滴记录，目的就是为了学习母亲，而不是为沉溺于悲伤。

　　母亲节，让我们共同祝愿每一位伟大的母亲快乐，无论她们在俗世，还是在天国！

我梦见

母亲笑了

母亲走了快三年了，奇怪的是，尽管我与慈母情深如海，但不知为何几乎没有梦到过她。一天夜里，我梦到母亲着一件青色的、有些旧的上衣，脸上没有丝毫笑意，且没有和我说一句话。

一个人的肉体只是一件衣服，当旧的衣服不能用了，灵魂就会换另一件新的衣服继续开始新的生命，可能生命的呈现方式会不太一样。所以，对于解梦的那些说法，我基本上是一笑了之。然而，对于一生行善的母亲到底去了哪里，我一直耿耿于怀。

梦是无始无终的。昨夜梦中我梦到了母亲。我判断应当是午夜到凌晨之间。在山东老家的房子里碰到了母亲，母亲的气色很好，脸上都是笑容，而且身上散发一种光芒。她说，我离开家好久了，这次回来看看。母亲在每间房子里转了转，我只记得我趴在她的怀里大哭，哭的声音很大。哭醒了，母亲也不见了。

这天是端午节，依然能够记起少时母亲为我和妹妹包的粽子，里面的红枣好甜，那新采的粽叶散发着迷人的清香。

端午节母亲的入梦，在我来说意义重大，我终于在梦里见到了笑着的母亲。

三年生死

两茫茫

上周在延庆开笔会，夜里梦到母亲。是在一条泥泞的路上，她面向我。远远地站着，没有一句言语。天空阴沉沉的，不知是夜里还是白天。

我一下就跪下了，嘴里喊着娘。她却转身就走，走进路边的一间屋子。我起身追去，并让旁边的一个老奶奶把母亲叫出来。"您为什么不理我呢？"母亲什么也不说。我趴在娘的怀里痛哭，梦中的孩子哭出了声。

同住一室的兄弟小钱听到了我的大声抽泣。清早醒来，我说昨夜梦到了娘。小钱说，听到你的抽泣了，很诧异。

早餐前问我朋友，今年好多次梦到母亲了，以前极少的，是不是有什么问题啊。朋友说，哭是好事，能释放一些东西啊。频繁梦到母亲，说明你还是割舍不下。

再过 20 天，母亲到另外一个世界就整整三年了。而这三年之中，我把前生欠她的泪水还了大半。电话另一头的妹妹总是劝我，而她却跟着泪如雨下。没有娘的孩子是不是都这么可怜啊 —— 心里空落落的，没有依靠。

母亲疼爱我和妹妹，但决不娇惯。所谓授人以鱼，不如授人以渔，还不到 10 岁，她就开始让我学做饭；10 多岁时，学习种地、种菜、针线活。1997 年，我在北京西区租住的房子前面有一片空地，就打电话让母亲寄了一些种子，有尖椒、扁豆、黄瓜等，后来的收成是不错的。

母亲对我们的悉心教育，让我和妹妹在踏入社会时受益无穷。努力工作，不问前程，因为我想大不了回家种地，种地也要当个好农民 —— 这些放松的心态，都和母亲的教导无法分开。

昨天和父亲通电话，他说按照本地风俗周年不用祭奠，七月十五中元节上坟即可。

一切一切都是梦。记住这句话，也许就不会太悲伤。

给逝去母亲的

信

娘:

您还好吗? 这是您走后我给您写的第一封信。您离开我们快四年了,除了多次在梦中与您相见,父亲、我,还有妹妹志霞都没有您的消息。

以前,我总记不住您的生日,但是那年我很认真地说要给您过六十大寿。您虽然不以为意而一笑了之,但我却是暗自下了决心的。转眼,今年农历十月初八,您就满 60 岁了。虽说阴阳两界,但作为您最疼爱的孩子,还是用我自己的方式来表达对您的祝福。

2003 年 8 月 21 日,您离我们而去,一周后深爱您的父亲承受不了这么大的打击,突发急性冠心病,生命危在旦夕。在送别您之后,我就护送他住进了北京阜外心血管病医院，经过全面检查、会诊，于9月22日进行了冠状动脉搭桥手术。手术是非常著名的外科大夫做的，非常成功。父亲此后的康复十分迅速，我和妹妹都很高兴。

2004年，有人向父亲介绍了孙阿姨。尽管生前您曾经几次嘱咐我和妹妹，在您走后要尽快为父亲物色老伴，当时大家都以为这是玩笑话。但当您猝然离去，当您交代的事很真切地摆在面前时，我们还是很难接受的。毕竟，对您感情太深厚了，似乎不能容忍他人的进入。后来，我多次和妹妹交流，最后终于达成了共识。我们知道您深爱父亲，因此肯定希望他晚年的生活开心、平安。父亲为了安度晚年，再次选择开始一段新的感情之旅，也无可厚非。做儿女的不能把个人情感强加给他，爱父亲就要让他做自己愿意做的事。

2004年底，父亲和阿姨领了结婚证，我放年假回来还喝了他们的喜酒。阿姨比父亲小7岁，是一家医院的护士长，性格温和，对父亲非常好，我和妹妹对她颇多好感。父亲毕竟已步入老年，妹妹已经出嫁，我又在外地工作，有阿姨照顾父亲，是父亲的福气，更是我们的福气。

　　娘,对您我是极其愧疚的。大学毕业以后,因为忙于工作,几乎把您和父亲忽略了,一年回不了几趟山东老家,也懒得写家书了,代之以短促的电话。在我的生活基本步入正轨,刚刚开始有条件尽孝之时,您却未能享些清福而匆匆离开了您的亲人。这个巨大的打击带给我们兄妹二人的疼痛是终生的,是永远也无法弥补的。

　　也算是弥补这样一种遗憾,我和妹妹侍奉父亲亦加倍认真。妹妹几乎天天都到父亲那里,做饭,洒扫,接待来客,相当仔细周全。我因工作原因不能膝前尽孝,但经常通电话询问情况,密切关注他的健康状况,每逢大的节假日也会陪陪他。

　　母亲,您走后,我曾对父亲许诺每年陪他至少到几个省游玩。从 2005 年到今年,三年来我已陪他走了六七个省。

　　2005 年春节,我们爷俩首先到了福建省,游览了厦门、莆田、福州。或许我和福建的缘分太深之故,我对它有种说不清的感受。您的孙女赵梓彤出生时我在那里,您突然诀别,我还是在那里,这些人生重要的时刻我都在闽省出差。另外，我最要好的朋友福建也最多。8月21日，您西行的那天清早，父亲就是通过我莆田市的挚友王磊找到了还在东山岛上的我。

那一次新年的福建之旅，我在第一篇游记上这样写道："这个除夕之夜，当我乘坐飞机，在电脑的键盘上敲击上面这段文字时，我还是心潮澎湃的，我旁边的父亲睡着了，发出均匀的鼾声，他的心很定。此刻，我非常怀念我的母亲，如果她健在，如果这行程中有她，我会觉得更加激动。但我知道，此次即便母亲没有随行，但她九泉之下一定含笑，她一定乐见我的父亲再次娶妻，她会乐见儿子携她的丈夫南下远足。"

娘啊，没有您的旅程真的是一个遗憾。尽管我和父亲收获了一些旅行

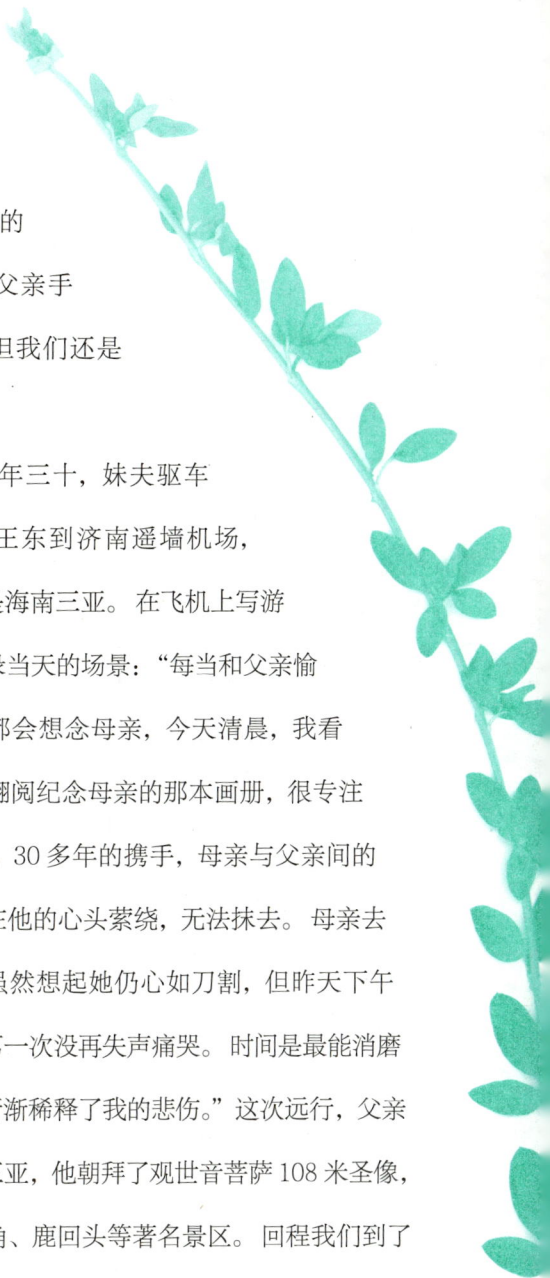

的欢乐，远行的

奔波也验证了父亲手

术后的健康，但我们还是

更加想念您。

　　2006 年大年三十，妹夫驱车

送父亲和我、王东到济南遥墙机场，

此行的目的地是海南三亚。在飞机上写游

记，我这样记录当天的场景："每当和父亲愉

快相处，我们都会想念母亲，今天清晨，我看

到父亲在客厅翻阅纪念母亲的那本画册，很专注

的样子。看来，30 多年的携手，母亲与父亲间的

那份爱，始终在他的心头萦绕，无法抹去。母亲去

世快三年了，虽然想起她仍心如刀割，但昨天下午

为她上坟，我第一次没再失声痛哭。时间是最能消磨

一切的，它似渐渐稀释了我的悲伤。"这次远行，父亲

特别兴奋，在三亚，他朝拜了观世音菩萨 108 米圣像，

还到了天涯海角、鹿回头等著名景区。回程我们到了

广州，夜游珠江，攀登白云山，赏越秀花灯。我和父

亲在感慨交通的便利、壮丽的山河之时，还是不约而

同地怀念您，如果您能和我们在一起该是多么好啊！

今年的大年三十，我们爷俩从青岛飞往上海过年。1993年您和父亲得知我身体不好曾经到过上海，父亲清楚地记起当时是1993年的农历三月初三。转眼之间物是人非。14年后，当父亲在我陪伴下再度踏上上海的大地，一切都没有变，上海滩还是上海滩。然而一切似乎也全都改变了，您诀别我们驾鹤西去，父亲容颜已老，我自己亦从一个懵懂少年步入中年。

大年初一，陪父亲到我的母校华东政法学院，校园依然那么清静，那么美丽。4号楼、韬奋楼、小草坪、东风楼、图书馆、校园桥、苏州河、我住过的2号楼……父亲指点着曾经到过的地点，嘴里多是"没有变"的评价。大年初二到初五，我们还到了苏州、杭州、普陀山……可惜的是，爷俩的身边少了母亲您。

娘，今后只要父亲的健康状况许可，我依然要陪他远足。父亲生活得幸福，您在彼岸定能放心。我和妹妹也会努力照顾好他和阿姨，我们兄妹之间也会相互照料，务使身心皆安。

娘啊，祝福您的六十大寿，愿您在彼岸万寿无疆！

儿志刚敬上

2007 年 3 月 26 日 清明节前夕

父亲的

回忆

　　四月初八早上，父亲见到我就给我两页纸，他说我为你母亲写了一篇文章，你打印一下吧。当时，阿姨也在场。尽管父亲已经有了第二次婚姻，但是我感觉他对母亲的感情依旧，怀念依旧。父亲只读过两年的书，文字表达能力有限，但从简短的文字中，我察觉到了他对于母亲那浓浓的情。下午，我敲击键盘，在保持原貌的前提下，对他的短文进行了梳理。从这篇文字中，我得到了很多以前未知的信息。母爱无涯，可能穷尽我一生，也无法写完。而事实上，当我发愿回溯母亲历史之时，我越来越觉得对于母亲并不了解，对母爱的伟大也只可描摹万一。

赵立成：追忆夫人娄为良

1970 年农历二月二十六，在村南的汶河旁边我和娄为良初次见面，算是相亲吧。介绍人是我们邻居的表姑。

双方见面后的第一句话是我说的，大意是天气很冷，到我家去暖和一下。就这样，我们两人就一起回了家。当时彼此都比较满意对方，于是就商定了办理结婚登记手续的时间。

1970 年农历三月初六上午，我和娄为良到高崖公社驻地善庄领了结婚证，来回都是步行，走了 30 多里地。

举办结婚仪式是在当年的农历十一月十六，此时距离结婚登记已八个多月。结婚的当天，风和日丽，尽管仪式简单，但也算是长成大人了。那年我才 20 岁，娄为良 23 岁。

娄为良当时娘家已经没有什么人，四位姐姐都已嫁人，只有一个过继的哥哥嫂嫂，在家族中排行老四，被称为四哥。此外，还有一位相处非常好的亲戚叫娄军明，育有三男二女，后来始终相互走动。

举行婚礼的当天晚上，大队分给我父母的柴草着火了，火势凶猛，一棵高大的榆树烧死在大火之中。我母亲因此被吓出了一场大病。我清楚地记得，夫人娄为良在大火现场连声说，响亮响亮，人财两旺，越烧越旺。

结婚后，我就到50公里以外的县煤矿当工人去了，娄为良在家忙农活、家务。我们家族人丁兴旺，光解决口粮问题就是很重的体力活。先是靠人工推磨把粗粮磨成糊，再到鏊子上摊成煎饼，每次从开始操作到完成需要七个多小时，把人累得腰酸背痛。

娄为良得过一种叫作淋巴结核的病，以前虽然做过手术但没有根治，我们结婚一个多月后这病犯了。有个亲戚略通医术，对我说：得这种病的女人如果能生个男孩病就会好，如果生女孩就惨了。这不，1971年农历十一月初九，生了一个男孩！儿子诞生后，我开始让本单位卫生室的女医生陈爱英帮忙治疗，这位医生对夫人娄为良很是同情，表示会想尽方法为她治疗。娄为良对此也很感激，说一辈子也忘不了这位大夫。经过打青链霉素和口服药物，半年后她的病基本痊愈。我们家搬到县城后，娄为良每年都去看望陈爱英医生，念念不忘她的恩情。

因为家中贫寒，儿子一直营养不良，整天不是感冒就是闹肚子，从不到1岁持续到11岁，可以说都是在病痛中度过的。大约3岁时，儿子的臀部被严重烫伤。1973年6月，女儿出生了。

由于在外当工人，我每月回家只有一次，每次两到三天。家中的一切担子，都落在夫人身上，非常不易。

1986年，国家出台了政策，工龄超过15年可以为家属和儿女办理农转非，户口转为非农业户口后，承包的土地还可以再种一年。由于这年收成不好，收上来的小麦都缴了公粮，而套种的玉米由于时间掌握得不好，苗没有长出来，娄为良为此得了一场大病。

她还有一些慢性病，比如肠炎，持续了30年。神经衰弱，也持续了多年。1999年到北京检查时，发现了严重的心梗。这些病，都和她的长年操劳有关。

2003年农历七月二十四，夫人娄为良突然离开了我和孩子们。那天下午我们还在下棋，有说有笑。

2006.5.5

为娘写传的

空想

我下定决心出一本真正属于自己的著作是母亲去世后。

母亲在世的时候，我从未记住她的生日。有一年，我和她说，我要给你过六十大寿，母亲当时微微一笑，未置可否。没有想到的是，还没有到 60 岁，没等到儿女为她祝寿，她就猝然撒手尘寰。

母亲走后一年多，我暗自制订了一个写作计划，就是要还原母亲作为一位普通妇女的历史，打算在 2007 年上半年之前撰写一本有关母亲的传记，将其作为我人生的第一本著作，奉献给母亲六十冥诞。

真正展开这次写作计划，是 2005 年 5 月 30 日，那篇文章的标题是"相亲的时候，母亲爬上了树"，在文

章的结尾我写道："我将一段一段探究母亲的历史，这会是充满我整个生命的访谈。今天就算是一个开篇吧，关于母亲，对于我来说，真的是一个谜。揭开这个谜，是我对母亲和我的家族的一个交代。"

然而，没有想到，当真正着手写母亲，才觉得是非常困难的一件事。写了一年多了，才写了十多篇，不到两万字，而且多数都是童年、少年的记忆。每次回家探望亲戚，当我像一个采访者询问他们对于母亲的记忆时，往往只能得到一些零星的东西。

于是，为母亲写传记的设想，很可能成为一个空想。

我对母亲的历史的确非常不了解：我懂事之前（1976 年），也就是母亲 30 岁以前的生活，几乎一点也不清楚；读大学，也就是 1990 年后，直至母亲 2003 年去世，这中间她的生活，我也是一笔糊涂账，模糊得很。事实上，截至目前我的文章，也几乎集中在 1976 年到 1990 年的 15 年间。母子一场，缘分何其深，而我对母亲的追忆，也多聚集于这 15 年"断代史"，真是可叹，记忆何其浅也！

母亲的人生经历能否这样简要概括：1947 年农历十月初八，这位平凡的农家女子诞生于山东安丘县一个普通的村子，在五姐妹中，她是最晚出生的。因家庭条件所限，未能读书识字。1959 年，12 岁时，父母双亡。后来三个姐姐相继出嫁，她与四姐相依为命。1970 年，嫁给山东昌乐县的一个小伙子（我的父亲）。1971 年冬天，生下一个男孩，那就是我。1973 年，又生一女儿，我的妹妹。因为操劳过度，自 20 世纪 80 年代起，身体出现各种疾病。20 世纪 80 年代中期，盖三间新房，欠债数千元。1987 年，转为非农业户口，迁到五图镇，并成为城镇合同制工人。1991 年，因病退休。2003 年 8 月 21日，因突发心肌梗死，猝然离世。

往事并不如烟。母亲从出生到去世，尽管用上述的几行编年史的文字就能勾勒出轮廓，但浸透在这一年一年的历史中的，却是有着多重身份的农村妇女的隐忍与操劳，血与泪。作为妻子，她勇挑持家重担，养儿育女，工于女红；作为母亲，她对儿女极尽呵护，含辛茹苦；作为儿媳，她以弱女子之身肩扛农活，孝敬公婆……可惜并愧疚的是，作为儿子，我很难描摹其中伟大的细节了。

母亲的一生，是放下自我的历史。在她的心中，已经彻底没有了一个"我"—她把她的青春、智慧、健康、生命，在献给我们的家族，献给她的丈夫、儿女、亲朋后，突然离去。

母亲是一本永远也读不完的书。今天，当很多朋友劝我不要沉浸在失去母亲的悲痛之中时，我说，我已经放下。学习母亲，就是学习她的精神，为了别人而活着奉献的精神，将自己融入人群，融入社会，努力为自己、为他人好好活着，好好做人，好好做事。

去 来

献给
母亲的
七十二行

無 意

关于
父亲的
八段话

母亲

献给母亲的七十二行

第一章

你就这样走了

不留给我一句话

2003 年 8 月的夏夜，凌晨 1 点，窗外只有昆虫在叫，你睡着了

我，你的儿子，还在福建的沿海敲着键盘写字

手机关了，外面的狂风暴雨刚刚停歇

一切如此之静，你对着我的父亲，你的丈夫，说了一句：我这是怎么了……

那个时候，你有没有痛苦，有没有恐惧

母亲，世界上最疼我的人，你就这样走了

吝啬到没有留给我一句话

也许实在太累了，懒得再说什么

只是，当你的灵魂在夏夜的天空飞升，你有没有回头看看儿子的脸

是恬静安然，还是泪水涟涟

尘世再多的挂牵也不会挽你匆匆的步履了

你在浓浓的睡梦中作别滚滚红尘

作别睡在你身边最爱的丈夫、我的父亲，作别你最爱的儿子，还有女儿

这以后，你不会再接我的电话，耳畔也不会再有你的叮咛

世界上最疼我的你，就这样走了

你也许不知，我的心在这一刻亦被掏空

第二章

那个到水库游泳

一天不归的男孩

1971 年冬月，我是你身上最疼的那块肉吧

我没有印象了，对于你脸上超越疼痛的灿若鲜花的笑意

你看到了我，生命中除了你的父亲、你的丈夫之外最爱的第三个人

后来你说，哪怕要饭也要把这男孩拉扯成人

1973 年，妹妹来了，这没减少一分你对我的爱

父亲在好远好远的地方做工，你手里拉着一个，背上背着一个

那三亩六分土地，长时间映着你一个人弯腰劳作的影子

你抬头望望长长的麦畦，还有身边的一对儿女，你明白希望就在前面不远

童年的记忆有好多呢

还记得我哭着轻摸你被打青肿的眼，娘啊你会瞎吗

还记得午夜我喘到不能入睡，你扶我起来边捶背边落泪吗

还记得你推我拉的独轮车，在泥泞的田里轧出的车辙吗

母亲，我就是那个到水库游泳一天不归的男孩

好多人从村里出发，寻找这个被猜想已溺水的孩子

男孩若无其事，他忽闪着无辜的大眼睛看着惊慌失措的一群人

奶奶站在你的身后，你打啊，你打啊

母亲，在那个下午，你终于找到了我，你蹲下身子抱住了我

我看见你的泪潸然而下，浸湿了我的手背

第三章

看到了夕阳中

你的奔跑

是 1979 年的冬天吧，小学的老师送来一张三好学生奖状

稠稠的糨糊贴到墙上，很紧，很紧，不识字的母亲啊，那是奖给堂弟的

你费了好大的劲才把它取下来，还给隔壁家的伯母

不争气的孩子，我在你 32 岁的眼里，读出了伤心

男孩后来挣来满墙的奖状，你把最好吃的东西留下来奖赏

尽管只是几块饼干，或者一个鸡蛋

煎饼，咸菜，日子穷得像清凌凌的汶河之水，清冷但是甘甜

男孩的成长，是你全部的希望，全部的寄托

母亲，还记得 1990 年秋天西行的火车吗

我看到了你在夕阳中的奔跑，你不知这火车会在济南转弯，南去上海

少年的心还沉浸在远行的兴奋中，你却陷于忧伤

你感受到了离别，感受到了不能把握

日子很苦啊，你在那个大院为人扫地，以自己的卑贱为儿子赢得清高

你到那个矿井拣炭，为我换取可怜的几块钱的学费

后来我听说翻斗车当时差点埋葬了你

或许是一出悲剧，男孩榨干了母亲的乳汁，从此远走高飞

你感受到了悲剧的开端和结局，可你义无反顾

母亲，我知道你很难过，因为你感到悲剧就要到来

第四章

为什么要用这种方式

把我唤回

我是你眼里那只羽翼丰满的鸟吗? 应该是的, 你有没有悲伤

那个在你怀中撒娇的孩儿长大了, 有了家, 娶了媳妇, 生了女儿

他的心很大, 不再写信, 你从他偶尔的电话中感受到了忽略

你是不是从这时起开始沉默, 苍老, 华发早生

怪那个没有喊过几声奶奶的小孙女了

还是怪你的儿子

母亲, 你是承受不了没有天伦之乐的苦

你寻找到了宁静, 你重又看到了那个一天不归的男孩

天热了, 你还担心; 天冷了, 你还惦记; 出差了, 你更怕他累着

我, 你最疼爱的那个男孩

他像一只孤单的鸟儿, 虽然倦了, 却无法归巢

那天, 2003 年 8 月 21 日凌晨 1 点, 母亲, 你是真的想我了吧

如果不想, 你为什么要用这种方式把我唤回呢

还记得说过要给你过六十大寿吗? 你那淡然的笑似是回绝

母亲, 世界上最疼我的母亲 —— 你猝然走了

你不愿再看, 不愿再听, 不愿再说

登上三尺莲台的那一刻, 母亲, 你是否看到了我的忧伤

那忧伤, 穿透阴阳两界, 痛彻骨髓

母亲已动用她多年练就的攀缘功夫，

爬到了高高的树上。

她远远地看到了寻寻觅觅的父亲，

并看到这个弱冠少年寻人未果而折返的情景。

那个时候，

母亲心里在想什么，

今天已经难以探知。

大檐帽是父亲买的,

我非常喜欢。

帽子本来买了两顶,

有一顶在村前的路上,

被冬日凛冽的风吹跑,

落入藕塘,

捞出来晾干后已变形,

没有再戴。

上身穿的是一件蓝涤卡改做的衣服,

是母亲穿过的,

袖子有些长,

衣身短,

外衣显然无法遮住里面的黑色棉袄。

母亲是精干女红的，

四邻八舍都对她的巧手赞不绝口。

我和妹妹的单衣、棉衣、鞋子、被褥，

都是母亲一针一线做出来的。

家里有个针线笸箩，

里面有锥子、针线、顶针、纽扣、麻线等等，

母亲做鞋、做衣服、缝缝补补，

用的都是笸箩里的工具。

父親

关于父亲的八段话

父子至亲

歧路各别

纵然相逢

无肯代受

他和我一样

都要一个人孤独地面对病痛和死亡

人生这一世

无非是报恩报怨

我和你的父子缘分

也是前世因

前世我欠了你的

今生就当你的儿子来报恩

又一次在重症监护室直面父亲

我的眼泪依然止不住落下来

真是一段人生一段梦啊

对我来说

几天来也如同梦境一般

如果极端的苦难你都承受过

就没有苦难了

只有一公里的路途

不到十分钟的转院

谁也没有言语

我觉得和父亲站立在一个大海的两岸

我在此岸

他在彼岸

只是感觉无比虚弱

并无办法度他

如果死亡是彼岸

生是此岸

生死之间便是人间苦海

医院的 ICU 是海浪中的一叶扁舟

父亲

正孤单地坐在舟上在茫茫苦海之中挣扎

生活是生命的过程

亦如一场寻宝游戏

这个过程诚然吸引人

但是生命却是根基

并且是生活意义的所在

父亲

我们即将护送您回家

来的时候

您虽然气色不佳

但是情绪是乐观的

是鲜活着的慈父

今天

您却以这样一种冷冰

沉默的形态返回故乡

301 医院住院部东侧的两株高大的玉兰树开花了，

我用手机顺手拍了一张，

那么洁白，

满树的花正在绽放，

春天到来了。

下午以后风很大，

整个风中的城市是灰色的。

这个春天的天气是无常的，

一如这个世间。

父亲精于烹调技艺。

80年代中期，

我们还在农村的时候，

春节前，

父亲带来不少葡萄糖瓶子，

里面装满了搅碎的西红柿。

原来是他自己制作的西红柿酱。

那个时候还没有反季的蔬菜可吃，

用这种真空方法保存的西红柿在过年时可做鸡蛋汤，

味道纯正。

如果死亡是彼岸，

生是此岸，

生死之间便是人间苦海，

医院的 ICU 是海浪中的一叶扁舟，

父亲，

正孤单地坐在舟上在茫茫苦海之中挣扎。

父 　我 　的 　父 　亲 　， 　愿 　你 　和 　我

一　起　久　住　于　这　个　尘　世　　亲

初闻父病

泪满衫

2009 年 2 月 17 日。

父亲已经住院去了。在酒店为他开的房空荡荡的……我从夜色中推门而入，满屋子散发着孤独的气息。

父亲在 301 医院外科大楼 14 层的 29 床输液。他穿着病号服，巨大的液体袋不知何时才清空。

不知他此时在想什么……

父子至亲，歧路各别，纵然相逢，无肯代受。他和我一样，都要一个人孤独地面对病痛和死亡。这就是冷酷的现实。

从山东带来的拉杆箱孤零零地伫立在屋子一角，里面没有多少衣物，父亲此次显然没有准备久留北京。但也许他错了。——我突然有一种直觉，觉得有必要从今天起为父亲写日记。

早上，我们在酒店的二楼共进早餐，窗外，纷纷扬扬的雪飘落，这是北京今年以来的第一场雪。真的很奇怪，一整个冬天都没有雪，立春都很长时间了，却下起了雪。真是无常啊。也好，旱情就要缓解了。

春节上班之后，我先是得了重感冒，咳嗽不停；感冒差不多快好了，却在 2 月 12 日早上，毫无征兆地突然把腰扭了，疼得无法弯腰，之后几天关闭手机卧床休息。等手机一开，是守东大哥的短信，要我即刻回电。

父亲自 2003 年心脏搭桥手术之后，五六年来当医生的守东大哥一直悉心监护他。打通电话，大哥说：你不知道你爸病了吧。我很惊讶：前几天回去看他还好好

的啊。大年初二回山东看父亲，觉得他消瘦得厉害，他说减肥呢。粗心的我没有在意。

大哥说：出现了黄疸，肝内胆管扩张，这边的专家认为情况不乐观，咱们既然有条件，就让他到北京查查。

下午1点南站出站口，远远地看见父亲，更瘦了。

简单吃了饭，到医院附近的酒店住下，又马不停蹄地到301医院外科大楼找医生。他看了从老家中医院带来的一些检查资料后，不太经意地说：恐怕要做个手术。我当时心下一惊。他说，这样吧，开单子，再做几项检查。

门诊大厅人山人海，队列很长，父亲背着包到前面看去了，我低头一看手中的条子：MRCP、CA199、CA12-5。前面那个是核磁共振，后面两个CA不是癌症嘛！这个我是知道的，我一下子抽泣起来。守东大哥拍我的肩膀，我把手中的单子扔给他，冲出门诊大厅。

五分钟后擦干眼泪，再度回转。大哥指着医生退回的卡片，"诊断"一栏有些潦草的字：肝门部胆管癌。

我们楼上楼下地跑，抽血，预约核磁共振，约到晚上7点30分做。在这中间我又是几度痛哭失声，又怕被父亲看见，产生疑心。

我好命苦啊，前几年刚没了娘，这回又可能会失去爹啊。爸爸也命苦，五年多前刚做了心脏搭桥的大手术，这次又要切掉大部分的肝！

晴天霹雳，头顶都是巨大的雷声。老天爷啊，怎么会这样。

在百度搜索"肝门部胆管癌"：肝癌是"癌王"，隐身肝脏中的胆管癌却是"癌王之王"。香港艺人沈殿霞就因为胆管癌去世。肝门部胆管癌是指发生在左肝管、右肝管、左右肝管分叉部和肝总管上段的癌变，约占肝外胆管癌的58%～75%，是常见、最难治愈而又最能致命的胆道恶性肿瘤。因肿瘤所在的肝门部血管纵横交错，位置险要，历来是胆外科治疗的难点。

从诊断之日起算，如果不予治疗，3到6个月就要死亡；如果手术切除病变位置，生存期大约13个月。

这意味着父亲的生命已经进入倒计时。

今天早上，爸问检查结果有没有消息？我说还没有。我们都注视着窗外纷纷扬扬的雪……

中饭后，办住院手续。

父亲入住外科大楼14层肝胆1病区29号床。护士说：有什么没有办完的事现在可以去办，晚上9点前归队，一旦进来就不许离开了。我们都说：没有。

病房是个两人间，有一个动过手术的病人躺在床上。父亲友好地和他打招呼：你好！父亲不知病情，我们统一的口径是：胆管里有个囊肿，手术取出后黄疸就解决了。他信以为真，对打来的询问电话都很乐观地描述着，要对方不要担心。

父亲永远是那么简单，乐观，童心一片。而我在旁边瞥着，心在哭泣。

走出医院的大门，快 7 点了，天空又飘起雪花。

2009 年的春天，2 月 17 日，早上是雪，晚上是雪，早晚都是雪。我今生都不会忘记这年春天的雪，它冻碎了我的心。

好友发给我一个短信："你要挺住，有事情一起担当；我们竭尽一切手段来迎战，为老爹祝福。"

父亲今天一直在说：你的兄弟都这么好。

我泪落如雨。无法敲击，被打湿的键盘旁边是一包开口松子，一包开心果。是父亲自山东带来的。

父亲住院的

首批访客

如果不是进京，父亲已开始学习驾驶。他带在身边只有一本书，驾驶方面的。年前一次我回山东看他，他说要学车，交规已经80多分了。他说学好之后买一辆二手车，自己开着方便。他和我妻子说，要不是到北京看病，自己早就上车了。

昨夜和守东哥聊天，我说：像父亲这么好的人，从小受苦，心地善良，从不与人为恶，怎么会得这样的恶疾，而且每次几乎都是要命的？哥哥无语。

我和他还说了自己的一些想法：一是尽最大努力，用最好的办法救治父亲；二是手术后向单位请长假，陪伴父亲一段时间。

于是换了一个便宜些的酒店，做长远打算，打持久战。

上午我回到单位处理些烦琐的公务。中午和培臣表哥、东哥在一个驴肉店随便吃了些饭。下午，急需处理手头事务。小姜电话告知，父亲听说我们吃驴肉了，问我能否把打包带走的驴肉给他吃？我说问问医生吧。一阵心酸。

妻子和女儿到医院探望父亲。他很高兴，用手机拍下一些影像。

医生决定先为父亲做引流术，以穿刺方式把管子插到肝内胆管，排除黄疸。

我在外面会客，东哥给我打电话后，就急着往医院赶。到病房的时候，父亲刚刚从手术室推出来。

他的眼睛紧闭着，不敢喘息，伸进腹部的那根管子让他很难受。问他是不是疼，他说是一种说不出的感觉。

父亲一向是乐观的，每天都是阳光灿烂的表情，他总是感染着周围的人。然而，这根管子却让他失去了笑容。他侧卧在病床上，一只手紧紧抓住管子，另一只手抓住病床上的护栏，脚部有些痉挛。父亲显然正在承受着巨大的肉体痛苦。

同室的刘姓病友说：这要适应几天才会好些，因为管子穿透了腹部的隔膜，每次呼吸都会有感觉，非常不舒服。他说他当初是双侧插管，20多天才排完黄疸。

父亲是在右侧插的，东哥告诉我，一侧插管排黄疸可能慢些。

每天傍晚时分，外科大楼东侧的天空和树上，都是飞来飞去、起起落落的乌鸦，叫声很凄惨。这些乌鸦每天早上飞到西山去，傍晚从西山再飞回来。不知为何，北京的王府井、万寿路，都是乌鸦聚居的地方，黑压压的。

少林哥和肖东哥知道父亲住院，执意要来探望。他们带来了一篮鲜花，上面写着"早日康复"的祝愿，花篮被摆放到病房的南阳台上，一屋子花香萦绕。他们是父亲住院后的第一批访客。

晚上，我到单位加班，培臣表哥和东哥两个人陪护。收到表哥的短信："好消息! 老头精神好多了，现正坐在椅子上吃晚饭，放心吧。"深夜又来一信："我给他按摩肩和背，老爷子打完针睡着了。"

20号一早就到单位，开了整整一上午必须参加的会。中间接到飞信："化验出来有一项癌抗原指标很高，对诊断有重要价值；刚去看过老爹，还行。"

五叔乘坐动车从老家进京，我到北京南站接他。在车上谈父亲的病情，又禁不住恨自己粗心，没及早察觉父亲的异样，惹得五叔也跟着落泪。

我和五叔一起到病房，父亲坐在床沿上。五叔来了，他很高兴。我看见他的表情已经轻松许多，被揪得很紧的心也略微放松了。

父子连心。为他的痛而痛，为他的笑而笑。

和医生讨论手术的时间表。

放生，

愿为父亲延寿

2月21日上午，在八大处的停车场遇一老者，地下的笼子里都是麻雀，询其有多少？答曰：25只，还有2只斑鸠。花100元买下，全部放生。

和陪伴父亲的五叔聊天。他说：早上你爸爸说疼，原因还是那管子。五叔还说：你爸今天的情绪不太好，言语之间有些消极，说似乎享受不了现在的福气了，要不怎么五年多的时间里，就有两次大的病灾呢。

妹夫给我发来短信："咱爸情况如何？要不我和志霞去一趟？你给我账号，我给你打过钱去，咱爸治病不能只花你的钱。"

我复信说："目前我还能应付，应付不了自然要找你们。"

也把他们的愿望告诉父亲：妹妹和妹夫都很关心你的病情，计划到北京来或者寄钱来，都被我拒绝。

我的腰痛更甚。在病房里，父亲要我看看去，他说估计椎间盘有问题。

晚饭是妻子送来的，芹菜肉丝、醋熘白菜，主食是包子、馒头。父亲的食欲看起来还不错，但没有吃多少。

春节前后我开始重感冒，咳嗽得厉害，熟睡间也会大声咳醒。睡眠也不好，总是做噩梦。感冒半个多月刚转好，腰又扭了。正治着腰伤呢，又收到父亲得病的消息。2009 年对于我和父亲，绝对不是个好年景。

父亲的情绪还算正常。他说夜里疼得厉害，就像刚插管子的时刻那般疼。无法入睡，坐起来，站起来，都疼。

五叔说：今晚必须陪床，给他捶背、按摩，或许能减轻疼痛。医生不同意，我们也要想办法，不能让他一个人。五叔忆及年前几次看到我父亲的异样，尽管有所察觉，也提醒他尽快到医院检查，但没有想到是如此严重。说到动情处，五叔数度落泪。我少时，五叔对我的求学十分关注。每次到我所在的中学，都要看考试的名次榜。看到我的名字高高在上，就顺手从口袋里掏出几块钱予以奖励。20世纪80年代的几块钱比现在的几千块都值钱。

和父亲同一病房的病友是淄博的一位外科大夫，姓姚，70岁了，性情达观。几个月前怀疑是胃炎，但服药后没有改观，遂果断到北京住院。他坚决要求大夫开刀，打开后搞清楚了，哪怕在手术台上下不来了他也甘愿。他说，他给人开了一辈子刀，什么都看透了。

这位病友的乐观态度对于父亲会是一种鼓励。

双休日，几乎看不到医生，没有任何关于父亲手术的信息。晚上，五叔执意要整夜陪护。

此次父亲的病情，对单位领导、亲朋好友保密了，因为怕大家为父亲为我担心。在个人博客上也未透露一丝讯息。但为了记录这段时光，觉得还是保留一些细节，因此在新浪的空间上开始撰写父亲病中日记。

依然是为了保密，我退出了曾经加入的新浪博客检察官圈子。没有想到，还是被细心的岳大哥发现了。

他先是在我的博客上留了言，下午又给我发来短信：

"看了你的博客，才知道你父亲生病在北京住院，非常同情。祝愿他老人家早日康复。在最后一刻来临之前，我们谁都不知道会发生什么。所以，不要悲观，不要丧气，挺过去，一切会好的! 要保重自己，为了你父亲，为了你的一家，为了我们! "大哥用他的亲身经历劝慰我。

又是一个繁忙的周一，早上照例到单位开行政例会。会议结束就急忙赶回医院。五叔对我说：你爸昨晚疼得厉害，两点多钟就醒了，再也无法入睡。

接近中午，与医生联系。医生说：周三做手术。

走进医生办公室，在我面前的，是一位平易近人的医学专家。他虽然刚从德国飞回来，但看不到一丝倦容。简单沟通后，确认了周三手术的消息，悬着的心暂时放了下来，一时有些慰藉。

培臣表哥发来短信："姑父这两天正常否？昨天下午买了一些甲鱼、鸟等，到峡山水库放生。手术日期定下没有？ "回复表哥："多谢二哥，初定周三施行手术。我会以最大努力挽留父亲的生命，必要时不惜自己的生命，因为我的命是他给的。"

2月23号晚，季弟加入对父亲陪护的队列。

手术延期，

漫长等待

　　传来消息，主治医生最近的手术日程已经排满了，父亲的手术要么推后，要么换其他人做，中国的医疗资源实在有限。

　　2月23日上午，我和父亲到北楼住院部做24小时动态心电图，在电梯里，父亲自言自语说，都瘦得没有人形了。他说，只有140斤了。这恐怕是30年以来父亲体重最轻的时候。

　　那天下午4点多，陪护的东哥发来短信说父亲想吃饺子，白菜馅，用花生油，放点儿葱花。我找了家店定做后送去。第二天中午，父亲吃了我从酒店定做的干豆角包子、开锅豆腐、土芹肉丝。吃了整整一个包子，他说这是几天来吃得最多的一顿。

25日主治医生来到父亲病房，对病情作了了解，要父亲放心。

何医生发来中药的方子，到眼科医院的中药房取药，多味药没有；让小姜到同仁堂找，仍然有几味没有；何医生作了修改。他说：这个方子排黄很快，第三服就会收到明显效果。

父亲的心情明显好过前几天，我的心情亦因之好转。

同时也担忧五叔的健康状况，给他作了体检。这天是他生日，我为五叔取药，买血糖测试仪，祝他生日快乐！帮他张罗体检、看病，也算是生日礼物吧，送礼送健康。教他如何使用胰岛素笔，如何测试血糖。数落他，要他注意身体，按时打针、服药。不要像我父亲，等到病了，只会给子女添麻烦。

表妹建红亲手为五叔做了长寿面，送到病房。

河南的好友发来短信："我们这里下雪了。"

回信："我的世界白雪飘扬。"

接着是连续两天没有任何消息的等待。

26日，乙泰弟领着老婆孩子来探望父亲，我把他列入陪护队列。

发短信给好友："有没有消息？"回复："大家都在等。"

27日，好友到病房陪父亲聊天数小时。好友和我说：佩服你老爹竟是这么达观，心理上我看40来岁，我觉得这是最有利的一点。手术后看情况，如果要移植也应考虑。

下午4点多，尹洪东过来看望父亲。他要我下周一拿出父亲的片子，他找一位老教授看。

何医生开的中药已经发挥作用，父亲的黄疸开始减轻，气色有所好转，饭量都较前几日有所增加。他说，一顿就吃了几天的量。

黄疸继续减轻，何医生的中药方子看来发挥了重要

作用。

外科病房的确粗疏，中午甚至送来糖包子。父亲有些不悦：和他们说了我是糖尿病人，怎么还给送这些东西？

在病房陪护。同病房的病友姚伯伯有些焦虑，他前次肠镜检查因为肠道不清做失败了，再次做要等一周。姚家阿姨是个爽快外向的人，和我们聊他们当初恋爱的经过，给病房带来许多欢声笑语。姚伯伯是外科大夫，他对自己的身体非常敏感，而且特别达观，他要求医生必须打开腹腔查查到底长了一个什么东西。他的乐观与透彻对父亲也是一种鼓励。

东哥说：爸这两天体重不再下降了，长了四斤。

是个好消息，心里甚是高兴。

父亲说要吃煎饼。我和东哥到超市转了半天也没找到。只好买了紫米面糊和玉米面糊做的手工煎饼，3块钱1个，买了4个。叮嘱父亲和五叔少吃，糖分很大，可能会影响血糖。到饭店买了豆腐渣、清炒白菜苔和酱油腌的蒜片，都是很清淡的菜。

接到开封干妈的电话，说起父亲的病情，不禁悲从心头起。

我真的惧怕父亲逝去。在车上，和小姜说，面对即将到来的逝去，我什么都看透了，争啊抢啊的有什么用呢。

一大早开机，接到马哥短信："伯父肝功较差，可能要切过半，为安全，仍需等恢复一周左右，此属国际惯例，通常不会因等候而有转移之虞。"

上午是单位的行政例会，期间收到东哥短信："爸已转移到单人病房。"他说父亲很满意。单人间很少，为的是保持安静，让父亲休息好，我们也不扰病友。

下午觅到病房，姚伯伯在和父亲聊天。他说你爸到单人间后，搬进来一个重病号，不能大声说话，不能打手机，有空就到这儿来了。

我把《我的母亲》一书送给他和老伴孙阿姨。

父亲的气色越发好起来。

大学同学魏巍来信：前夜外公睡梦中昏迷，呼唤他半小时终于醒来。父母和我一夜未眠。昨天白天他对我说不用紧张，就当他睡一觉，醒了就醒了，不醒就去了。想想白天我还带他洗脚按摩吃饭，晚上险些阴阳两隔，真是行孝一刻都不能耽误。

大约六年前，我曾发愿带父亲游历大江南北，然后再出国旅游，至今国内不过十余省，境外尚未成行。不想行孝已经倒计时了。

肖东发来飞信："送给你马可·奥勒留的一句话——你出生前的无限的空洞和你离世后无限的寂空是一样的。意思是，你现在不会感到唐朝时你不存在的痛苦，你以后也不会感到你不存在的痛苦，因此，死是不可怕的。"

我回复："爱因斯坦说，对于我们笃信物理学的人来说，过去、现在和未来之间的区别只不过是一种幻觉而已，尽管这种幻觉有时还很顽固。"

肖东说："对，哲学比物理还要有深度。"

终于找到了

顶级专家

　　3月4日上午，我到门诊部挂号，找解放军总医院著名专家冯玉泉，他是肝胆外科的老主任。冯主任看了片子，认为施行根治切除术风险较大，可以采取保守疗法，通过手术把胆汁引流进入肠道，再通过化疗对病变部位予以控制。

　　直白地问他：这种癌症手术后的生存期如何？

　　冯主任回答：不是很理想，五年成活率不到10%。

　　由于他不主管父亲所在病区，在我的请求下，他答应与负责我父亲的王医生进行沟通，他记下父亲的名字和病床。

　　走出门诊大楼，我追问医生：到底能活多长时间？他给我的答复：最多一年。

令人绝望但是高效的一天。

之前联系的一位老乡也回话了，我向他说明了父亲的病情。

我和东哥、小姜出去吃中饭。

父亲气色一般，说话嗓子有些发沙。

父亲很关心老家的那片树林，他给不少亲戚打了电话布置在 3 月 15 日开始植树。他很惦记那件事。

手术日期

继续延迟

前几日，一位好友批评我的脆弱，说第一次发现我像个女人。

女人其实比男人坚强。

一直在单位处理公务。有几个人辗转得知父亲住院的消息，要来探望，被我坚决拒绝。

妹妹汇到父亲卡上7万元，要我查收。

从2月16日父亲到京，次日住院，我就住在酒店，掐指算来不归家已有18天了。父亲一天不出院，我就一天不回家。头发也长了，显得憔悴。但父亲不手术，我亦不去理发店。

至少是以这样的身体语言来支持父亲吧。

五叔昨晚9点陪护，打了一个喷嚏。父亲说：你赶紧回去吧，别是感冒了。

东哥也感冒了。手术前对感冒发烧特别敏感。一旦出现这个情况，所有的准备就得推后。我让五叔和东哥在酒店休息，一人到病房。

父亲继续挂水，突然筛糠似的抖了起来。以为是发烧，量体温，36.8度，没事。停止输液，一会儿就不抖了。再测试，37.5度。问护士长是否输液引起，答复：不是。

我到30床看望了姚伯伯，他正在看书。父亲虽然换了单人病房，但因为是在阴面，缺乏阳光的照耀。姚伯伯这里就不同，窗外的阳光温暖地洒入病房，有些热。

姚伯伯说看了我为母亲写的书，很感动。他认为我的思想还是"古董"，很多东西都是传统的。我说，孝敬父母是应该的，作为一个正常的人，都应回望并感恩自己生命的来源。我说，父亲的病发现晚了，和我主观上的忽视有关。父亲这两年其实一直厌油，尤其是不怎么吃肉了，而我却真以为是父亲改变饮食习惯，实在是愚蠢至极。

晚饭是从饭店订了两个芸豆酱肉包子，还有菠菜炒爬虾。

3月7日、8日，被告知手术日期继续延迟。

我也感冒了。只好麻烦季弟连续作战。

表哥王法庆和葛明信辗转得知父亲在京住院，7日下午结伴到了北京，但没有告诉我。

法庆说老爷子气色不错。我对他们隐瞒了病情，表情故作轻松地说是一个小手术。正在聊着，季弟电话进来，说刚才董医生、王医生、向医生来查房了，认为父亲的胆汁颜色还不行，下周二的手术还是不能如期施行。大夫还要他把分泌出的胆汁喝进去，观察一段时间。

我说按照大夫的指示办吧，如果达不到手术要求而仓促做，反而是坏事。我和东哥研究用胶囊灌注胆汁，让父亲服用。

　　季弟一会儿来电说喝了一杯子。

　　中午给父亲订了虾仁水饺，五叔下午到病房陪护。

　　几位主治医生询问病情，问父亲服用胆汁的效果。父亲说喝了以后胃蠕动快了，不再有胀感。

　　父亲说这两天睡眠还好，但两次梦到我的母亲，这让我一惊。他说，一次在梦境中见到去世的大姨，近前看却是母亲，突然变成一具骷髅，父亲不禁惊醒，翻身坐于床头，陪护的季弟迅速把父亲搀扶好；另外一次他梦到母亲身着黑衣。我虽有不祥之感，但仍和父亲讲道理：身体弱的时候，会有关于亡人的梦境，不必在意这些。

　　下午陪护父亲，在病榻之侧用笔记本电脑网上办公。

空气里都是

沉闷的气息

3月10日，早上到单位处理手头事务。

在去医院的途中，父亲打来电话，嗓子有些发沙：赶紧想办法吧，你五叔被护士赶出去了，说是一律不准陪护；如果一定需要，必须办理陪护证。到了医院，在院子里电话问询，表哥说已经解决了。

中午，在酒店订的水饺、清汤海参，表哥说父亲吃得还不错。

午饭后，和五叔快步一小时，他的血糖已经日趋稳定，先于父亲治好了病，真是好事。我们在14层家属等候区聊天，来病区的有几位亲人：二表哥、五叔、东哥、乙泰弟、我。季弟打来电话，要求明晚陪护。

这次父亲住院，我严密封锁了消息，甚至对妹妹也没有点破。马、东哥、乙泰、季弟都是情同手足的兄弟，我必须告知且求助他们；表哥和五叔更近，自不必说。这次对父亲的陪护，这些亲人给我最多的感动，大家都有手头的事情，却能完全放下。

我对医生说很焦虑，问有没有最新消息？回复：主刀医生在一台大手术上，早上的交班会没有新的医嘱，父亲手术最早也要周三。

天气灰蒙蒙的，空气里有些陈腐的气息，压抑的一天，没有任何消息，好的、坏的，都没有。

父亲还不到 60 岁。

3 月 11 日上午，和主管医生做了详细交流，认为父亲的肝功能很差，因为有 20 多年的饮酒史，肝细胞的损伤很严重。如果做较大面积的肝切除，身体的耐受程度不够。也就是说，一旦手术，肝功能将无法承受。

我、表哥和五叔找到主管大夫向主任。向说，董主任和他们小组对病情进行了评估，认为方案要慎重。考虑到手术切除风险巨大，董主任提出考虑肝移植方案，但需要家属的表态。

我对向说，不必考虑钱的问题，这里是中国医疗水准最高的医院之一，希望你们用最好的医术延长他的生命。

我们还就肝移植的诸多问题进行了询问。谈到肝源，向主任说医院方面会想办法，向说董出差了，等他回来会把你们的意见汇报给他。

阿姨从老家坐动车抵京。原本打算让她手术后来，但手术的事遥遥无期，加之她是父亲的情感寄托，就应允阿姨过来。她带来了妹妹志霞炒的咸菜，说是父亲要求的。我说这些东西吃了血压会高，别让他多吃。父亲与阿姨相见，两个人都很高兴。老人自有老人的感情世界，子女是无法替代的。然而，他俩并不知正在步步紧逼的病魔，我要求所有知道父亲病情的人都不能泄露一丝一毫。

晚饭，和五叔、二表哥、东哥、季弟一起，沟通了有关情况，决定往肝移植的方向考虑。

情绪特别狂躁，感觉整个心已经被提了起来。

作出重要

决定

开始转向肝移植方案 ——

3月12日上午，医生带我找到5病区的史主任，这个区专为等候肝移植手术的病人而设。

史主任看了父亲的一些影像材料，询问了五年前心脏手术情况，他也认为肝移植手术对于父亲的治疗更显得主动。

我去门诊楼找到刚从手术台上下来的董主任。董真是名医，实在太忙。昨天出差到济南与史一起到齐鲁医院做了一例肝移植手术，刚回来就上了手术台。

他的门诊室站了很多人，他很简洁地说，因为父亲的肝功能太差，一旦手术切除大部分肝，非常危险，可能下不了手术台。因此，肝移植是积极的方案。他说会把父亲列入计划名单。

下午 6 点，和五叔、东哥、季弟一起吃晚饭，通报上述情况。大家认为，既然下决心做肝移植手术，就得做好持久战准备——住在酒店的费用太高。决定明天起开始物色一个两居室的楼房，一来降低直接费用，二来可以为父亲烧菜做饭，想吃什么就做什么。

查了肝移植手术的周期，从几十天到上百天不等，作租房这一决定是明智的，有很多好处。

一切为父亲的肝移植手术服务。

找了无数的中介公司，找了无数的人，无法找到满意的房子。

经过权衡，最后终于决定租住假日酒店附近一个两居室的房子，60 多平方米，每月 2500 元，总比现在住酒店便宜。上午办好了一切手续，东哥负责清扫卫生。

当天中午为一位年轻同事的婚礼担任证婚人，下午和长江商学院八位同学聚会。一想起父亲还在病房，就觉得很恍惚，似乎是两个世界的交流。一会儿生活在现实世界，这里有病痛，有绝望；一会儿就生活在精神世界，有婚礼，有朋友的交流，少有人知道我内心深处的疼痛，这是现实。

父亲的头发开始脱落，可能和药物有关。头发虽稀疏了不少，但黄疸已经明显减轻，气色也更好。

接到消息说，向主任通知父亲做好准备迁到 5 病区，5 病区负责肝移植，条件差一点。东哥说，要小心父亲的敏感，他可能会打听到一些和自己有关的信息，尤其是在这个以肝移植为主的病区。我说没事，解释一下即可。

搬到了 13 楼的 8 病床，两人间。父亲问 14 楼单人间住得好好的，为什么换？我说这个病区的史主任是手术高手，董主任是国际级名医，不可能始终盯着你。

父亲可能真的起了疑心，他自己问一个老家是潍坊的进修护士：病历上我到底是啥病情？这位杨姓护士显然很聪明：胆结石，胆管堵了。

父亲对我说，都住了一个月了，什么时候做手术？我说你住进来就踏踏实实治病，听大夫的，别的不用管。

因有事情无暇分身，两天没去病房探望父亲，再次回到病房，轻描淡写地告诉父亲我开会去了，他并未起疑心。他说今年运势很差，身体生这场病，老家他的那片树林让大姑栽树苗，种完后才发现都是病苗，还要返工，损失 6000 元。我说：管它呢。

下午 3 点，手术护士进来做术前准备。管子经鼻腔插入胃中时，鼻子出血。父亲显然不适，感叹了一句：人生如梦，转眼又是百年身。我和父亲开玩笑说，你这是第二次上战场了。

按照肝移植手术平均七八个小时的时长计算，大约 0 点前后完成。手术中心门外都是守候的人群，每当医生喊一嗓子，就有一群人围拢上去看病理标本，也就是被切下的肿瘤部位。

和东哥说，这是我 38 岁以来所做的，最重要的一件事。

0点43分，浑身插着管子的父亲被大夫推出来，在我们的护送下进入ICU接受密切观察，以避免出现手术并发症和术后感染等。我们被告知，父亲大约会在早上6点醒来。

用手机拍了几张麻醉中昏睡的父亲，作永久的纪念。

翻看旁边的手术记录，有这样的字样：术者董家鸿。

第二天早上，我要参加一个重要会议，五叔、季弟、东哥到外科大楼13楼的重症监护室探望父亲。按照ICU护士要求，带了洗脸盆、毛巾、浴液，供病人擦脸、洁身之用。

东哥8点45分短信："爸初醒，还睡。"我问："有没有异常情况？"答曰："一切正常。"向谢叔等分别发了短信，告知父亲手术情况，并致谢意。

下午在走廊里碰到陈医生，他说你父亲的指标很好，一般做完肝移植手术后病人的转氨酶都超过1000，他的才100多，一会儿就要从ICU转到普通病房。我们一听都很高兴，步履匆匆赶往ICU。透过门口的玻璃窗，能远远地看见父亲，护士在摇动床柄帮他活动上身，看见他在讲着什么话。

被允许进入，戴上口罩，穿上隔离衣。自 2003 年那次心脏搭桥手术后，又一次在重症监护室直面父亲。我的眼泪依然止不住落下来。

真是一段人生一段梦啊。对我来说，几天来也如同梦境一般。

危险期，

空气中有了些轻松的气息

　　3 月 21 日陈院长一大早就到病房看了父亲，马说她从四川回来是昨天午夜。

　　对于父亲这样一个普通病人，作为有少将军衔的她来说，这样细致和周到真的不可思议。在她和缓的语气中你看不到一丝做作和浮华。铅华尽洗，大抵就是如此吧。为这种高尚的医德深深感动。不知中年一代或者青年一代还能否继承这种传统？从董主任身上可以看到一些影子，看到了希望。

　　重症监护室年轻的护士们一直打动着我。她们面对的是刚从手术台上下来的危重病人，身上插满了管子，流着液体，但她们面带微笑，全心全意 24 小时不间断看护，打针、抽血、吸痰、翻身、记录，专业的护理水准

让人惊叹。即使作为儿子，对父亲亦无法做到那般无微不至。

中午，琳自海南飞来，因为此前事先保密，直到见面才告诉他父亲的病情。到了病房，父亲能够很清楚地回忆起那年我们到海南时琳的陪伴，以及对南山寺和108米观世音菩萨圣像的朝拜。

晚上有活动，短信问东哥情况，回复："脸色开始红润，基本恢复到以前健康状态。胸部插管处有一处轻微出血，无大碍。"

妹妹和阿姨昨天下午从山东赴京陪护。

手术后第三天开始，将进入感染的危险期。

这个时候，任何细菌都会引起严重后果，应该减少探视，陪护的人相对固定。不少知情的朋友要来看，都被我拒绝了，但苗兄以及徐桂和徐先生的到来我却没有阻挡住。

父亲看到徐先生显得很激动。此次他专为父亲的病而来。

大夫再次确认父亲插管处渗血属于正常，并更换干净的腹带。

3月22日，得到通知，可以正常吃东西。还被告知明天或许可以再拔掉两根管子。上午查阅有关肝移植术后的各种资料，比如并发症、饮食原则等等，把有价值的东西转帖于博客，为父亲出院后的调养做基础准备。

父亲可以用相对轻松的表情和大家交流，笑声也出现了，说话的底气很足。

东哥短信告诉我父亲的伤口发痒，这是结痂愈合的标志，但需要止痒。询何医生，复：雍和宫立交桥下的五叶藤取自然汁涂抹即可。驱车到雍和宫桥，因为春天刚刚到来，寻觅良久，并未发现五叶藤的影子。遂再询，何医生发来一中药方子，要我抓药煎，待冷后用酒精棉涂抹伤口。

方子原文：海螵

蛸20克，青皮12克，苦

参15克，白藓皮15克，秦皮

15克，（水煎外洗）2服。

回到住处，东哥、五叔、阿姨、妹

妹都在，空气明显是相对轻松的，大家的

话语中也有了一些笑意，都为父亲的快速

恢复而高兴。

和二姨家的表姐通话中得知，老家的二

姨已经不行了，浑身生满褥疮，恐怕这几天就

要西去了。没有提及父亲的情况，只说我很

忙无法回去。表姐说，二姨在清醒的时候反

复嘱咐，她死了埋了就是，不要通知我。

和父亲讲了这事，他的表情非常平淡，

说死了也就解脱了，活着太痛苦。

妹妹因感冒返回山东。

史主任带队前来查

房，就父亲的恢复情况

做了简短交流。

下午 6 点，和五叔、东哥正在医院周边吃饭，突然接到参谋长电话，说开会结束后要到外科大楼看望父亲。五叔问我：参谋长什么军衔？我说：少将，肩上一个麦穗一个五角星。

三人匆匆吃完。五叔到楼上等，我和东哥在楼下。

参谋长对父亲表示了慰问，父亲深深感谢。送他下楼时，又把当时父亲病情的危急程度告诉他，他颇为震惊。

参谋长是十一届全国人大代表，由于我事先曾告诉过父亲和五叔他的姓名，因此两会期间 CCTV 播出他在小组讨论时的镜头，他们都注意到了。送他下楼时五叔提到此，对这位老家走出的少将还挺惊诧的。

五叔也很讲政治啊。

301 医院住院部东侧的两株高大的玉兰树开花了，我用手机顺手拍了一张，那么洁白，满树的花正在绽放，春天到来了。

下午以后风很大，整个风中的城市是灰色的。这个春天的天气是无常的，一如这个世间。

让人担忧的

一天

3月27日上午，五叔电话告我：你爸腹泻不止，医生要你到医院去一趟。我一下子急了，心里想：坏了，出事了！扔下手头一切工作立即赶往医院。

路上致电主管医生，他对我的批评很严厉：老爷子两天没吃什么东西，蛋白质补充不足，我在病房基本看不到你，你必须集中一下注意力，劝他吃东西，搞不好的话，前面这些努力都白费了。

规定是上午不准探视，下午我多数时候还是在的。

但主管医生批评也是对的，手术后我看父亲恢复得不错，思想上对细节的重视的确不够。如，昨天父亲提出要吃西瓜，五叔就满足他。他还吃了一个大苹果。父亲说：医生说什么都可以吃啊。我说：那是针对普通病人的，但你有糖尿病，甜的东西尽量不要接触，另外，手术才几天，生冷食品也不能沾的。父亲不听劝，结果昨天下午的血糖接近26，今天的腹泻应和食用生冷食物有关。

到了病房，父亲躺在病床上，气色黯淡，一点精神也没有。五叔到三楼买了一个便盆供他应急之用。阿姨说一共拉了六次了，还反映腹胀，什么东西也不想吃。我对父亲说：你要把饭菜当药吃下去，也可以少食多餐，蛋白质不够，就无法保证手术效果。

中午，到酒店订了一份清蒸东星斑、开锅豆腐，还有一份家常面。五叔说吃得还不错。

傍晚到了病房，我妻子小郭送来了鸡蛋羹和小米粥，阿姨一口一口喂给父亲。我来之前，父亲又腹泻，医生让他继续服用思密达止泻。

晚上9点，得知父亲依然腹泻，遂致电主管医生，向他陈述一整天腹泻十次的状况。医生认为是应用免疫抑制剂而发生的副作用，需要处理一下，他通知值班医生为父亲使用黄连素。

回到住处，阿姨和我探讨这次严重的腹泻，她很忧虑。我说应该是正常现象，不必过分担心，301医院做肝移植手术的成功率100%，没听说失败过——也是为自己打气吧，尽管，我的心里也是压抑不住的焦虑。

父亲肉体受磨难，我们精神遭折磨。个中焦灼，苦不堪言。

医生说，什么药都用上了，但效果不彰。

坐地铁到东方广场，开始本月的长江商学院课程。早高峰，地铁车厢如沙丁鱼罐头，密不透风，每停一站，有大量人群挤入，都发出一些惊叹声。好久没有进地铁了，真的佩服这些上班族的抗挤压能力，每天如此往返，如果没有好的心态，恐怕早就崩溃了。

上课期间，心神不宁，发大量短信询问父亲的情况，课间再电询五叔。

晚上，情况依然让人忧心：又是四次腹泻。求助何医生，开一方：白豆蔻3克，禹余粮3克，捣成粉，敷肚脐上。四处药店求草药，均因药房抓药人员下班而未果，万般无奈叩扰在药店工作的大杨，让小姜前取。

返回学校途中，小姜来电称已经把草药送至病房，季弟已按照何医生嘱咐敷上父亲肚脐。

我对主管医生表达了自己的疑问：最近我是有这样的感觉，除了护士，少有医生正经来过问一下。

医生说：现在院里的术后病人多数都是靠自己扛过去的。

目睹父亲

13天仍未愈合的伤口

可怜的二姨没有熬过 74 周岁这个春天，在农历二月二十九下午无声无息地西行。

3 月 30 日下午，我从上海返回北京，晚饭后到病房探望父亲。

东哥说：二姨已经走了。

我竟然没有多少悲伤，只是说：那几个表哥肯定哭得很悲伤，他们装也要装出来。没有了二姨，我也不会和他们往来了，仅此而已。

东哥说：父亲已得知这个消息，说她到了该走的时候了。

父亲的气色不错，腹泻基本止住，饭量也有所增加。老马短信说："他今天气色很好，神采飞扬。告诉他不可老在走廊练走路，气温和环境都不允可；他活动太多了，似总急着想出院，这怎么行，走多了伤口就长得慢了，间断的发烧也是因此而来。"

晚上大约9时，父亲的手术刀口有大量渗出的液体，把腹带污染了一大片。我电话联系主管医生陈医生，得知他在手术室；值班医生不愿给父亲处理渗出问题，认为陈更了解情况。拖延了两个小时，才慢吞吞推车进了病房。

打开腹带，我第一次看到父亲弯弓一样的120度刀口，用不锈钢钉如同订书钉一样钉在刀口上。伤口愈合的情况不好，渗出的液体来自右侧下胁的伤口处。

这个大夫的动作极不熟练，还让我们帮忙，我们的手都没有经过消毒处理啊。他剪开了两个不锈钢钉，往里面塞纱布引流，有大量的黄色液体被吸引出来。值班医生说：明天让陈医生好好处理一下。包扎完毕，我尾随出来问：严重吗？大夫没有吭气，我追问：怎么这么多液体？回：是脂肪液化。

因为，目睹了父亲13天仍未愈合的伤口；因为，目睹了那些液体，我的胃再度痉挛。

第二天早上8点30分，我到了医院。陈医生正在史主任指导下处理父亲的伤口，昨夜值班医生的处理的确出了问题，父亲的血象升高到 15000，这是感染的标志。史说先用生理盐水擦拭，待腹水清亮后再度缝合伤口。

午饭，是到外面酒店订的，过桥鱼、清炒白菜苔。父亲对前者较有热度，吃了不少。看到这种情况，我也很高兴，说晚上再给你订这菜吧。

买了两本书，一本是黄洁夫主编的《中国肝脏移植》，一本是潘长玉主译的《糖尿病学》第 14 版，两本著名的医学专著。上次父亲心脏搭桥手术，我开始研究心脏病，这次主攻肝移植术后以及糖尿病，于人于己亦都有益处。或许离开现在的岗位，也可以成为一名内分泌方面的专业人士。

在病房，五叔向我问起墓碑一事。去年在县城的公墓，为母亲选了一块永久性墓地，计划迁坟。根据要求，需要刻一块墓碑。有一种说法是要把父母的名字都刻上去，未亡人的名字用红字。妹妹和妹夫花了 1000 多块钱找工匠刻了碑，但因母亲迁坟一事，碑搁置，那墓碑也未启用。

春节未能给母亲上坟。清明节，我返回山东为母扫墓。4月3日上午11时，收拾好行囊到医院向父亲辞行。

阿姨说：昨晚杨大夫到病房为父亲换药，说了几句关于巨额医疗费的话，父亲颇为惊诧——说不是十几万吗？

所有的亲人都隐瞒了手术真相，父亲始终认为：自己的胆囊出了问题，不是一个大手术。但手术后如此长的恢复期，也让他产生疑问。因为，五年之前的心脏搭桥手术，仅仅一周就出院了，这次却迁延难好。其实，外科大夫们查房时，已经多次直露地说，这个床是肝移植病人；史主任几次劝父亲注意通过饮食补充蛋白时也讲到，老赵你再不吃东西，肝就保不住，我们之前的努力就白费了。

但是，父亲太单纯、太天真了，他的大脑一直没有向这个方向思考过。因此，他依然不知道自己的肝已经被悄悄换过了。

在病床前辞行，和父亲开玩笑：回家我把你的房子卖了。他的心态好得可爱：卖就卖吧。他还告诉我房产证在什么地方。

好在，我们还没有到卖房子的地步。

来到母亲坟前的，有二哥、我、东哥、王波、志霞、桂明、振国。孤独的坟头，妹夫昨天刚刚添了新土。

继续在山东老家。知悉父亲又发烧，起因是洗头。

手术之后父亲三次洗头，三次发烧。看来父亲为了形象不怕发烧啊，可怜的老帅哥。

陈院长发来短信："我刚去看过病人，还好，血糖、发热的情况我跟史说了，继续关照。"回信告知她："我回山东老家为母扫墓，明日即返京。"

坐车赶往老家时，即一路腰痛难忍，到了难以承受的程度。在二姑父陪伴下到县人民医院做了 CT 影像扫描，医生说是椎间盘突出（中央型）并钙化，陈旧性突出，是很久以前的事了，只是还没有压迫神经，我的腰痛和这有关联。

下午，收到建红的短信："舅已退烧，吃饭也好，不用担心!"

知道你苦，

但只能远远地看着

　　父亲的眼睛，因消瘦而显得大了，眼窝深陷下去，眼神空洞虚无，好像周围的世界和他无关，这让我产生一种莫名的、巨大的恐惧。偶尔，他努力耸动双肩，使不上力气，他叹一声幽幽地说：有气无力啊。

　　知道你苦，但我只能远远地看着。有时会怀疑自己的决策是错的，让他承受这么大的痛苦而前途未卜。

　　亲如父子，也无法替代苦与痛。一切该来的一定会来。

　　一起聊近几天的情况，大家都有说有笑的。五叔说到要回家办车贷的事，父亲一时情绪失控，潸然泪下。这让我感到很突然，一时惊诧无语。

　　这是父亲住院以来第一次落泪，事实上他的乐观情绪一直感染着周围的病友。在一病区时，好多病人无法接受服用自己排出的胆汁，病区负责人要他们向我父亲取经，他一时成为病区的模范病人。

这次阿姨回去了，五叔也打算回家几天，可能父亲觉得非常孤单，就落泪了。

五叔对我说，医生通知让父亲明后天就准备出院。

但父亲的伤口还没有缝合，血糖又高，如果出院碰到无法处理的情况，还是很危险。我打算和他们交涉一下，最好能多住一段时间，待完全好转后再出院。

同时做好多方打算，联系武警总医院（现解放军总医院第三医学中心），看能否转到这家医院的肝移植中心继续护理一段时间，以解决伤口愈合和血糖过高的问题。但答复说那边床位也很紧张。

父亲提出晚餐吃白菜饺子。我和东哥、建红回住处准备。我和面、拌馅、擀面皮，建红负责包，一共做了11个。馅是白菜的，只放了些酱油和花生油，父亲说很好吃，吃了7个。只是皮有些硬，我说是用两个鸡蛋和的面，他说只用蛋清就好了，别用蛋黄。

这期间正开始为期三个月的机关党校学习，考勤很严格，只有通过短信或者课间电话联系五叔、东哥、季弟他们，共同研究情况处置。

深夜 11 点，到病房看父亲，五叔说依然发烧。

4 月 10 日起，父亲再度发热，疑肝部有脓肿。

真是折磨。

经过腹腔引流后，父亲总算不发热了，我们几个心里略感放松。

11 日，我和东哥从病房出来，从医院步行到中山公园，全程大约 14 公里，我们用了三个小时。

原计划于 5 月中旬参加玄奘之路国际商学院戈壁挑战赛，我是长江商学院的体验队队长，竞赛队队长卢均从深圳来京，和大家一起做赛前的动员和战略商讨。会议地点是中山公园西南门的银华基金的会所。晚上 8 点多，尚在会议之中，看到手机面板上跳动着五叔的名字，一看大事不好，一个箭步迈出房间，接听电话后的第一句：五叔，我爸怎么了？

父亲手术后，我不在病房的多数时间都是神经质的，怕接他们几个的电话，总是往最坏的情况考虑。对于我来说，也是心灵的极度煎熬。

"你爸又在剧烈寒战，你在哪里? 赶紧回来一趟。"

致电主管父亲的陈医生，他说已经打了退烧针了，还做了一个CT。现在怀疑肝上有一个脓肿，和主任会诊一下再决定，是否穿刺引流。

回到病房，五叔和东哥都在，父亲静静地睡着。我没有扰醒他。

读《中国肝移植》一书，目前所怀疑的肝部脓肿也是手术后并发症的一种，还是挺严重的。

出差，在机场给五叔电话，他说下午会穿刺，但不知具体安排在几点。我的心一下子再被揪紧，没着没落的感觉，有些像发烧的前兆。

刘叔的语气有些严厉：你爸这个样子你还要出差啊! 无奈：到深圳讲课是早就定好的，一百多人等在那里，不去不合适。

不过，这不是不陪父亲而远走高飞的理由。一有时间我还是要专心陪护，尽管他的病情如刀，一刀一刀地切割我的心。

东哥短信说:"预交的费用已经超支2万,还要再交3万。"他已经向表姐借,我回信予以制止,表示还没有到这个地步。

若历极端苦，

再无千般难

昨夜春雨，今晨凉意顿生。

这个春天天气怪怪的，前些日气温一下子到了27度，忽然几天又冷。这样的反复无常让人不知所措。

父亲出现了胆瘘，或者说胆漏。

这是医生前天和我一次通话中无意透露的。

当时大骇。

恍然大悟，也明白前些天持续发烧的原因了——难怪引流出的液体像是胆汁，但医生向我们隐瞒了这一情况。

各种资料显示，胆漏可以采用保守方式治愈，只是需要时间。

父亲是3月19日凌晨1点多被推出手术室的。从

住院到做手术一个月，术后恢复至今一个月。两个月，于我而言，是最难忘的一段人生。我们和父亲一起与死神并肩作战，尽管还不能说取得了最后的胜利，但情况还是一天天变得好起来。

五叔说，父亲的体重几天增加了一公斤。他每天在病区步行活动，转20多圈，速度不慢。饮食也开始正常，不再厌食。腹内依然有脓液，但术后的继发性感染得到了控制，发烧现象还有，但高烧少见。

这几天，301医院在外科大楼举办北京肝癌论坛，董主任担任大会执行主席。季弟告诉我说，董带了一大批人到了父亲病房，又是录像又是点评的。我说：可能是作为成功病例讲给大家听的，随他们去。

何医生从海南到京办事，到病房看父亲，为父亲号了脉，认为黄疸还是没有彻底解决，另外虚火很旺。他写了一个方子，让小姜到同仁堂，抓药煎药。

和朋友聊天，我说：如果极端的苦难你都承受过，就没有苦难了。

东哥说：你昨夜说了一夜梦话，几乎没怎么停下，你要自我减压。

这几天父亲再度出现黄疸。陈医生建议动员全科主任参与讨论，以便确定新的治疗方案。

10点接东哥短信："爸的情况没有你考虑的那么严重；体重近期增加两公斤，应该是个好兆头。今早说的住院费现已欠费。我和赵丽说了，过几天再说。另外联系老马了，他在外面，回来再说。"

直到15点30分，医生们的讨论还没结束，陈医生说完毕后给我电话。

不到最后一刻，

决不放弃

……

现在，可以明确的是：父亲的肝移植失败！！

前天深夜到病房看父亲，偶遇刚下班的史主任，尽管他和我谈得含糊其词，但也指出情况严重，最极端的情况会二次移植。

深夜，和五叔、东哥讨论，是二次移植，还是保守治疗？讨论了很长时间，我们都无法达成一致意见。五叔不太赞成二次移植，即便做了移植，也不知最终能否成功，第一次移植已经是个例子了。

我的意见是：即便二次移植，也不在这个医院了。

上午，我给东哥发短信询问有没有进展，他回信："刚要告诉你，已经约好明天见，今天取片费尽周折才拿到。"

"我知道，这时候你有多难，任何语言都是苍白。"

4月25日，打电话给刘叔，告诉他目前父亲的状况，决定转院。

昨天下午，华武姑父亦来京，我们一起吃了晚饭。他说：你很坚强啊，上次清明回去居然没有流露出任何信息；你独自承担这么大压力，真是难为你了；一定要看开，该尽的力尽到，也就不会有太大遗憾了。

4月27日，转往武警总医院。

孔叔叔自己驾车过来，我和五叔、东哥取好各种资料，在武警总医院等候。我们见到温副院长，见到和气的臧主任——他是武警部队肝移植研究所副所长、肝移植专家、主任医师、教授、硕士生导师，已完成肝脏移植手术600多例，居全国前列。一问，竟还是潍坊老乡，觉得心理距离迅速拉近。

他看了我们带来的影像资料，认为目前的移植肝已经坏死，如果这么等下去，很快就无法存活！而唯一延长病人生命的途径，就是再次移植，但肝源也是问题！

身边多数人对于再次移植似乎都不赞成，手术的风险更大了，再让父亲遭一次罪是否值得？总是面临一次又一次的选择……父亲作为被动的一方，要承受我们所做选择而产生的任何后果。

华武姑父发来短信说："以你爸的身体状况看，不再次手术为上策，手术能否成功，说不明白，没有把握。可转院保守治疗，听天由命。你爸得了这个病，不是你能左右的，应该接受现实。"

中午，致电301医生要求出院。他出人意料地痛快同意，说药也不用开了，意义不大。——看来，他早就等着我们家属提出来了。

立即安排了一辆配有各种急救设施的救护车用于转院。

进入父亲病房，经历昨夜的高烧，他已经没有什么精神了。整个过程，我们父子只有一句对话。我说：中午吃东西没有？他答：吃了。我们两人再无言语。他的眼神虚弱而无助，我都不敢直视。

我怕自己会号啕大哭。从住院至今的70天，我们几个人浸染在医院的氛围里，心理状态都已很不健康。对于这个病区，我害怕再次踏进。

我坐在救护车的副驾驶，后面担架上是沉默的父亲，东哥在旁边护卫。只有一公里的路途，不到十分钟的转院，谁也没有言语。我觉得和父亲站立在一个大海的两岸，我在此岸，他在彼岸，只是感觉无比虚弱，并无办法度他。

在武警总医院办理住院手续，由于没有床位，只好临时住进一个七人的大间。医生说，如果有单人病房腾出再调整吧。

接着，是为第二次移植做准备。

傍晚，二姑从医院回到住处，说我爸要吃手擀面、萝卜丝饼。我一时有些兴奋，想吃东西是生命力旺盛的征象！我立即下厨操作，做了西红柿鸡蛋面和萝卜丝饼。二姑给他送去，但因为面太淡，父亲所食不多。

18点，沈教授到病房看了父亲，认为病情很危重了，被耽误了很长时间。如果早些时候来就好了。我们希望沈教授尽一切可能挽救父亲。他说要做好二次移植的准备。

不抛弃，不放弃。不把父亲抛弃给死神，不放弃存在的一线生机。这，是我当下所有的信念。

父亲，我的父亲，愿你和我们一起久住于这个尘世。

"我看到他那个样子心都碎了。都不敢见他，不敢和他对话。我这两天为可能的二次手术做准备。即便医生评估认为可以手术，肝源是关键问题。如果不能尽快找到，他很快就要走了。实在是不甘心啊。"

"哥，这事你可得想好了，因为爸实在经不住他们折腾了。"

——这是我和季弟的一段对话。

长江的情怀，

大海的抱拥

因为父亲病重，我退出了同学策划的雅鲁藏布江和戈壁徒步。和同学们解释说，家里有更重要的事情需要处理。

4月23日到26日，是长江商学院四天课程，我抗拒不了周围的关心，和少数同学透露了一些情况。首先是我们的红高粱拓展队，老大哥杨增武和我回忆当年他的父亲脑出血在京救治的经历，熬了八个月，不治；凯元要我注意情绪的调整，如果有任何困难，随时和大家讲；第二是几个要好兄弟的张罗，建军哥拿来两盒上好的熊胆粉，要父亲立即服用以渡过难关，他说只有这两盒了。

期间，我们正试图把父亲转到武警总医院，当时诸事未定，课堂上的我，心不在焉。

黄雅君、邱朝敏、方兆、杨忠武、何长亭、曲立、任文杰等等，他们向我提供了各种信息。

长江 EMBA 13 期的班委朴春花打来电话，说大家都很关心你的事，要和雅君一起来看看。我和她讲了目前的情况，因父亲在 ICU 等待手术，无法探视。春花说：有什么困难你要给大家说啊。

这一切，让我深深感受到了长江大家庭的温暖。长江的情怀，大海的抱拥，在这样一个集体中，我感到了力量。

五叔说，医生做 B 超，父亲连站立的力量似乎都没有了，五叔几乎是正面把他抱住而做成功的。大夫说，父亲已经出现严重的酸中毒，低血糖，需要做一些紧急处理。按照医生的说法，如果最近一周再不做二次肝移植手术，他的生命已经到了尽头。

28日下午6点多，沈教授和我谈话，电话里聊了十多分钟，他的语气是那么和气。他认为，父亲目前的情况比较复杂，手术的危险性很大，他会亲自为我父亲施行手术。

放下电话，我揪着的心慢慢放松下来。

宁可让父亲再次遭受一次肉体的短痛，决不让我们亲人承受失去他的长痛。不到最后一刻，决不轻言放弃。在京所有的亲人，都认可了这一观点。

我们盼望奇迹的出现。

——父亲又住进了ICU。他换上的肝已经坏死，移植科的医生要做一些重要技术处理，以保证他的身体状况不再继续恶化。

29日14点，接到张总电话，他从谢叔那里得知父亲的病情。我说明了前前后后的情况，并解释了保密的缘由。他说这几天到医院看看，有什么需要做的就说。

17点，二姑做好了饭，我和五叔、妹妹一起送到医院。明日可能手术，所以，我们要在手术前看看他。只有我被获准进入 ICU。

ICU。

I see you again，我看到你了，我亲爱的父亲——戴氧气面罩，鼻饲管，引流袋，骨瘦如柴，是我认识你以来最虚弱的时刻吧，你依然扬起左手和我打了招呼，还艰难地露出一丝笑容。

"爸爸，你是最坚强的，你一直是我的榜样。""大家都在和你共同渡过难关，我们父子的相处还有很长的时间。""我们找的是全国最优秀的教授，相信他们会把手术做好。""暂时的痛苦会换来生命，是值得的。"

父亲依然不知，第一次肝移植以及手术的失败，他只是问：怎么我的病就这么难好？

我说：你肝内的胆管依然在向外流胆汁，301 医院没有处理好，如果不把问题彻底解决，就有生命危险。

主管父亲的吴医生，和我简短交流了病情，认为父亲的血液也开始出现感染，控制不好就是败血症。二次移植是挽救他生命的唯一途径，但风险非常大。"我们争取尽快获得肝源，救他的命。"

午夜，在网上搜到傅彪生前在CCTV《艺术人生》的一段视频，当时我看过的，根本没有什么感觉。这次再度浏览，感慨万千。在那期节目中，沈教授和他的团队原本与我相距甚远。眼下，这个团队或将为我的父亲施行手术。

著名演员傅彪的妻子张秋芳所著《印记》，我也在网上大略看过，文字极为平实，无丝毫雕琢造作。尽管傅彪手术后只活了一年，但整个过程中，这对伉俪的似海深情足以让人动容。

一夜噩梦。梦到臧主任为父亲手术，我在手术室外，只听到各种操作指令，苦等十几个小时。

是日，医生给我电话，说没有合适肝源，只有节后适时手术。

ICU不准进入，妹妹和五叔在走廊中碰到臧主任，主任说父亲的状态很稳定。护士说，中午送去的肉丸子、虾肉丸子以及稀饭，父亲都吃完了。妹妹和五叔回来告诉我们，大家都很兴奋。二姑说送少了。

5月1日，仍然是一夜噩梦。

如果死亡是彼岸，生是此岸，生死之间便是人间苦海，医院的 ICU 是海浪中的一叶扁舟，父亲，正孤单地坐在舟上在茫茫苦海之中挣扎。

这天中午，二姑从医院回到住处时，说早上送去的饭被原样退回，一点都没有吃。大家听了，一时无话，空气里一片沉默。

晚饭时，接到 ICU 值班医生的电话，说对血液做的培养显示，感染已经遍布父亲的全身，也可以认为是败血症了。目前，他的呼吸已出现问题，考虑对肺部的感染进行穿刺，以引流其中的脓液，但插管后可能导致意识的丧失。

路上，我和五叔、东哥说，昨天父亲吃了那么多东西，很反常，也许是一种回光返照吧。

有种预感，他已时日无多。

父亲

失去了言语

五叔和东哥去 ICU，五叔特意要东哥带上录音机，考虑到大夫要在他的喉部插管，可能是最后的话语了。

他们回来后说，父亲的气色还好，也许是使用了激素的缘故，脸也比前几天大了。他问：阿姨也来了吧？五叔骗他说：来了。他在重症监护室睡了醒，醒后睡，已分不清白天黑夜。问五叔：是白天还是黑夜？五叔回答：黑夜。父亲嘱咐五叔让阿姨给他做饭，早上煮小米稀饭送来。

我让东哥放一下录音，听他讲话特别吃力，每一句都是嘶哑的，断续的。不禁号啕大哭。一时，所有的人都被我传染得清泪潸然。五叔和东哥边抹泪边劝我，要我坚强起来。

　　这 80 多天，我是怎么坚持下来的？只是坚信父亲有生的希望才挺住了。平时心里再苦，也是劝大家不要悲伤。可现在，眼看他不行了。我还能忍住吗？有的只是绝望，恐惧，并不敢见他。

　　"这时候你更要去陪伴他，在面对黑暗之前，让他感受到来自你的温暖。"

　　早上醒来大概 7 点多，二姑刚回来，见她脸上满是泪水，忍住悲伤劝她。二姑送去的饭，仍被原样退回。所有的人都有不祥之感，住处的气息一片静默……做饭送饭，成了一个希望和寄托，希望父亲能够吃，哪怕只吃一口……现在所有陪护的家人，被屏蔽于 ICU 之外，只剩下，为他做饭送饭这件事了。

下午 1 点多，ICU 的医生打给我电话，说：病人自行呼吸对血液的氧合能力已不充分，即将经口腔给他的喉部插管，然后让呼吸机介入。我问：痛苦吗，医生说会给他注射镇静剂，除了最初的不适之外，以后就没什么痛苦了。因为插管，他也就不能讲话了。在同意医生的建议后，我的泪水再次落下……几天前的对话，也许是父子最后的言语交流了。

农历四月初八，父亲失去了言语。

父亲，静静地躺在 ICU，意识是清醒的，但发不出声音。他在等待裁判官重重的一槌。裁判官就是武警总医院的医生，明天，他们或许说，你父亲的健康状况已经不允许再次手术，准备料理他的后事吧；他们或许说，只要尽快取得肝源，尽管风险很大，但总是有活下去的希望。

七个亲人同样在等候这个裁判，无论是缘是劫……

各安天命，各有喜悲 —— 是我在手机飞信上的签名。下载飞信时，父亲还没有发病，撰写这个签名时也很超脱。这个道理我是懂得的，向别人也说教过。然而，当你看到你生命的来源、你的生身父亲是如此孤独地面对病痛，你怎么还会超脱？那是些实实在在的疼痛与悲伤。

5月3日，五一节的最后一天，或许只是黎明前的黑暗……

二姑的长子张军桥——我表弟，医学院麻醉系毕业，作为表兄弟从小都是熟悉的，但因年龄差异交流并不多。他的短信让我非常感动：突然想到二舅可以做亲体肝移植啊！咱家人丁兴旺，我的那些舅们，甚至是我们这些外甥侄子和二舅配型应该能找到合适的，如果有的话，排斥反应肯定要小。我知道哥你天天应酬着，肝脏不适合当供体，可是咱一大家子人总有一个合适的吧？我的血型是O型，如果肝配型没问题的话我可以试试提供肝源。北京武警总医院的亲体移植做的还是

可以的，沈教授在国内也是数一数二的，你要咨询一下他为好。

这短信让我也觉羞愧，我连给父亲提供肝源的资格也没有。给军桥回信，部分供体不足以让爸活下去，因此无法从中考虑。

三叔、四叔得知父亲病情危重，怕无法见他最后一面，要求进京探望，基于目前的实际情况，五叔劝阻他们来京。

我们找到臧主任，看院方有何打算。臧主任认为，目前的感染还有待进一步控制。肝源也不易寻到，即便有了肝源也要评估是否可以手术。双方没有多余的言语，似乎无话可问，也无话可说，我们告别主任。

出门后，东哥说：主任的话很委婉啊。东哥可能听出了弦外之音。

张总一行来医院，我在门口等候。我和他们说了情况，无法探视。他说，他的父亲前后三次手术，深知其中痛苦。他说，你读了那么多书，对生命应是透彻的。肉体只是一件衣服，脱离此处会到另外的地方安住。他要我安排好，有什么需要就打招呼。

七个人挤在狭小的空间里，无所事事，反而强化大家悲观的情绪。决定让二姑和妹妹下午返回山东，管好家里的人和事。

妹妹上车后的信：哥，又买那么多东西，我真觉得你活得太累，你能否多善待自己，知道为自己好好注意身体……刘强不是外人，有什么事你千万让他给你分担；爸的病你已尽力，别想太多。

4日16点，ICU医生来电：你们家属来一下，目前病人呼吸比较差，要为他做气管切开。

我的泪水瞬间落下来。

五月五日立夏，

愿吾父平安过夏

今日立夏。

本以为春天结束时大抵可以出院，没有想到的是，都进入夏天了，我们却回到了原点，而且比当初还要糟糕，乃至难卜生死。

昨天晚上，见到臧主任、ICU 韦主任和戴护士长等，他们对父亲的护理尽心尽力。臧主任告诉我们，他进去看父亲，虽然不能说话，但主任握他的手时，却感觉很有力。这是两个信号，一是表明孤单的父亲有着强烈的求生欲望，他用这样费尽气力的握手向医生求助；二是说明父亲有着顽强的生命力，经过了两个多月肉体的极端消耗，他还有这样让医生赞叹的力量。

臧主任说，这一握手，增强了他对再次手术的信心。

他要求我父亲努力咳嗽，以使肺部的痰和积液排出来。他还透露，插管以后，病人肺部的一些东西逐渐得到清除，感染得到控制。这些信息让我们所有的人听后感到极大振奋。尽管还没有找到肝源，尽管能否手术尚未可知，但有这些好的迹象，已令我们的情绪改观。

东哥发信出来说，父亲的插管拔掉了，想吃水果，想喝稀饭，另外特别想见阿姨一面。看来形势趋好。

父亲的好转给人以信心和力量，大家一周以来近乎绝望的情绪也一扫而光，都觉得他又有了生的希望。我们决定庆祝一下，地点是在医院旁边一个小饭店，阿姨、五叔、东哥、妹夫刘强，还有我，5个人花了不到300块钱。

父亲知道阿姨来京了，想见她一面。他还问我的妹夫：怎么最近几天没有见到志刚？妹夫告诉他大夫不让进来，另外工作、上课也很忙。

　　父亲还是惦念我的，2003 年他心脏搭桥手术以来，我们爷俩的感情因为相处时间的增多而更加深厚。还在 301 医院手术恢复期间，他几次要我去看看腰椎。他那时浑身都是痛的，可依然时刻挂念着他的儿子。

　　父亲对刘强说，希望喝小米粥，吃黄瓜和西红柿。妹夫说：爸，你要想吃什么就告诉护士，护士通知后我就做，给你送来。父亲对于食物的要求也让我们高兴，能吃东西了就说明情况在好转，说明有第二次手术的可能。

　　5 月 6 日，肝源也终于有了准确的消息，虽然不知供体肝的血型，但毕竟是有效信息，决定与东哥飞赴武汉等候。

　　临上飞机了，五叔打来电话说，阿姨进入 ICU 探视了父亲，阿姨只说父亲的情况很好。下了飞机，收到妹夫的短信："爸说'老孙你可来了'，爸还说他知道你忙，不怪你。他的血糖和体温都正常，感染处多少有些渗血，精神还可以。"这里所说的老孙，就是阿姨。阿姨来北京等了一周，终于排队到 ICU 见上了父亲。

　　早上 9 点多，被告知肝源是 AB 血型，而父亲是 A 型血。正在极为沮丧时，接臧主任电话，说医院今天也有 A 型血肝源的信息，在条件许可的情况下，为父亲先施行手术。

　　这一消息让我们顿时兴奋起来，真是天无绝人之路啊！立即联系沈教授，他说："我要看看你父亲的整体状况是否适合手术。我正从天津赶往北京，你等我消息。"

　　返京。飞机一落地我就打开手机，臧主任的短信进来："肝源好，已定手术。"父亲有救了！

　　在从机场到医院的途中联系妹夫，妹夫说父亲已经推进手术室，他的状态不错，自己也做了不少签字。阿姨、五叔、东哥、妹夫、季弟，所有的亲人都在手术室门口守候，等待里面的消息。

"爱是恒久忍耐，爱是永不止息。"

季弟告诉我，沈教授也在手术的现场指导，他还出来问"哪个是志刚"？那个时刻，我正好不在手术室门口，错失与教授直接交流的良机。

东哥说，医生告诉他，沈教授在父亲的病床前犹豫了许久，最终还是决定手术。

23点13分，接东哥短信："刚做到动脉，时间还早。"

凌晨2点，为父亲主刀的臧主任从手术室出来。他说手术很顺利，移植的新肝已开始工作，胆汁分泌正常。今后要一关一关地过吧。

4点15分，范医生等人把父亲推出来，即将进入

ICU。

从3月18日首次手术，到5月7日再次移植，整整50天。这50天，所有的亲人因父亲病情的牵引，情绪

在喜与悲之中大起大落。在最困难的时刻，我们甚至已
经为父亲准备了寿衣。不到最后时刻，决不轻言放弃。
我们最终等到了二次手术。尽管仍然有很大的风险，还

会出现前面的腹水、腹胀、发烧等等并发症，但是
至少有了希望。

　　我们数次到医院，未获准探视他。5月9日、10日、
11日，我们和父亲生活在两个世界里。

　　"知道他的苦痛却无法帮他，会有两个世界的
感觉。"

　　每天的日子，都是漫长而沉闷的。五叔回山东处理
一些事情，我们四个在医院旁边的住
处，每

　　　　　　　天忐忑不安地等待上午10点到11
点医生的口信。医生一句轻松的话，会令人兴奋
不已，而他们一皱眉头，就把我们的心揪得紧紧的。
　　这是一种残酷的折磨，没想到这样的折磨会持续如
此之久。我们精神上的这种焦虑和父亲的肉体之痛也无

二致。

或许，每个黎明之前，都是黑暗的。

父亲二次手术后在 ICU 的日子，也是我人生最难熬的时日。我一度连这个日记都想放弃——记录这样残酷的片段又能解决什么问题呢？

朋友汪璐的短信："虽然有这么多的磨难在考验你，你依然不会停止你的追求……如你所说，人生无常，我们更要珍惜时间，抓住每分每秒做让自己不后悔的事情，照顾亲人，体会真情，感悟生命的意义，感恩回报，这才是徒步带给我们的正念……在反思中学习，在学习中反思，生活由此而精彩。"

5 月 11 日上午 9 点，ICU 医生电告我预交的费用只有 6000 元了，但要马上用一支价格很高的药。我表示立即过去交费，并问父亲情况如何。医生说见面再说。通知东哥马上前往医院。东哥回信说款已交，主要是打一针抗免疫力的药，8000 元左右；爸的情况变化不大，昨晚低烧，还在使用呼吸机，其他无变化。

我和东哥的交流：你直觉如何？我的感觉怎这么不好。

"打免疫的针是因为还插着呼吸机。我感觉困难很大，胆汁没有排出。但生命体征还算正常。从费用看，药量肯定用得很大。"

"我这会儿内心非常紧张。"

"愿孝心感动上苍，你已经做到极致了。"

"有没有见到臧主任？"

"今天下午有手术，我们等了很长时间，他一直没出现。"

没有坏消息也算好事，尽管没有好消息。我们等吧。

真正的痛苦，没有人能与你分担——你只能把它从一个肩，换到你的另一个肩。

9点30分，在医院门口等朋友。一小时后接到，一起在武警总医院9楼的ICU门口等待医生的口信，想让他们介绍父亲的病情。由于迟迟没有等到医生出来介绍情况，只得让朋友先行离去。

11点多，臧主任从ICU查房出来。主任总是那么平静，只有讲话的时候脸上才有一些笑意，一笑起来眼睛就眯成一条线。他的话总是那么概括、简练："护士会通知你们送萝卜丝汤，要炖。只要能吃东西，病人恢复就快了。"

马上就能吃东西了！主任的这个信息给我们以莫大的欣喜。

工作上的事有些缺乏条理，让我加班到凌晨 3 点。

早上，妹夫送去的米汤一点儿也没有动，雷医生说是父亲自己不想喝。

我们向雷医生提出，病人手术都五天了，家属一直都见不上。雷犹豫了半天还是同意了：下午 3 点你们来一个人进去看。

我们决定让阿姨进去探望。

我，实在是不敢面对父亲。

父亲的神志是很清醒的，阿姨忍住悲伤劝慰父亲，要他保持信心，医生和家人都在尽最大的努力和他一起共渡难关。东哥、志刚、刘强都在外面，医生不准更多

的人进来。父亲用点头回应阿姨单向的言语，表示他已

知。父亲会不会怪他最爱的儿子，这个懦弱的孩子竟不

敢面对他!

我就这样用手机键盘写着日记，泪水已滚落面颊。

我问:爸有没有落泪? 阿姨说:没有。

整整一周没有任何亲人的陪伴，坚强的父亲与死神

与病魔与手术的巨大创伤作战，见了至亲的人却没有一

滴泪!

5月14日，经过其他渠道知悉，医生们在讨论父亲

的病情。

果然，下午臧主任打给我电话，他认为前个医院做

手术时做了胆肠吻合，他们在二次移植时认为不会有问

题，因时间原因未详细检查一次，结果远端发生了堵塞，

胆汁排不出来。如果要救他，必须再次手术!

臧主任说，他到ICU与父亲做了交流，主任让他用

摇头或眨眼来确认。如果不同意再次手术就

摇头，如果同意，就眨眼。

主任说：老爷子眨眼了。你什么意见?

听了这些情况，我的胃再度痉挛，或许是过度刺激所致。我忍住巨大的悲痛，同意了再次手术的方案，并拜托主任费心。三个月内，虚弱的父亲三次承受巨大的身体创伤，我也到了精神崩溃的边缘。

收到海芳的短信："横下一条心把苦吃干净。若感到压抑就大声呐喊，大声哭泣，宣泄一下，给自己减压，生活还要继续。"

一季煎熬何惧，

唯愿父亲好转

父亲第三次手术后，除了腹腔感染以外，最突出的是蛋白较低。医院方面人血白蛋白比较紧缺，而为父亲使用的量又比较大。ICU 专门致电病人家属，要求我们设法提供某公司生产的人血白蛋白。通过各渠道寻找。

5 月 16 日、17 日，因为要直面猪流感，武警总医院采取了严格的防护措施。进入 ICU 探视父亲的可能性越来越小。

致电 ICU 护士站，几乎无法得到一句有效信息。听到最多的话就是：你们找外科医生问。

父亲的主管医生也没有几句话。

医生只言片语，留给外面等待的人更多猜测，很不好受。

16日晚，赵磊从上海飞到北京，他把带来的人血白蛋白转交给我们。给他钱，他拒绝了。

17日上午9点，接ICU电话，要我们送10支人血白蛋白。护士一支一支检查，做了记录，让我们签字。

父亲，一个人孤零零地躺在ICU里，此刻他在昏睡，还是意识清醒呢？如果是清醒的，除了忍受肉体的疼痛，他还在想什么呢？

"以你的诚心和行动，父亲会好起来的。"亲人的短信，对我似是一种安慰。天不总遂人愿的，所求往往不得。

多灾多难的父亲正在承受极端的人生苦难，苦不堪言。

从2月17日父亲住院，到今天已经90天了，整整一个季度。这一季的关键词都是负面的：紧张，焦虑，抑郁，恐惧，煎熬，折磨。

五叔从山东返回，加上我和东哥，在租住的房子，再次回到当初三个人的状态，有些冷清，但显得真实。

在ICU门口，见到那位黑龙江的小伙子，左臂上带了黑纱，他的母亲在这里待了很长时间后，前几日已西行。父亲住进监护室后，我们几乎每天在这里遇到他。他的母亲，做了肝移植后一直不排胆汁，小伙子是个大学生，每天过来都要问护士母亲想吃什么，然后做好送来，主要是一些汤类的东西。他健壮、温和，讲话时神情平静，有大量的肝病和肝移植知识，他说时间久了都能通晓。我们在一起相互交流双方亲人的病情、医院医生、手术费用等，觉得他是个孝顺孩子。我们几乎见不到他的其他亲人，似乎只有他一人张罗这件大事。

我拍了一下他的肩膀，表示已知悉他母亲的去世。他的表情很平静，看不出多少悲伤，或许对他而言也是一种解脱吧。活着，的确比死了要艰难得多。旁边一个女子，似是他的女友，多次按墙上的对讲器，向护士讨要病历。

继续寻觅人血白蛋白。按照目前的用量，囤积的白蛋白大约能够保证父亲十天。还有一些线索，同学帮助我求取。

姚鸣米电，说从淄博给我带了一份东西，要去医院取。我在路上，电告东哥去。他的父亲姚铭斗和我父亲是病友，在经过近两个月的折腾后，身体已无法承受继续化疗，此次前来有一辆救护车随行，将姚伯伯拉回山东，让他在当地医院继续治疗。

姚鸣说，上次姚伯伯、阿姨和我父亲的合影他洗出来了，那时手术前的他们三个都是一脸笑意。仅仅两个多月之后，虽同在一个医院却无法相见，而且都是生死难料，让人惋惜。

情绪跌跌宕宕，

心事起起伏伏

每天上午到 ICU 听医生的口信，在这段时间，显然成为一种生活方式，或说是习惯。

每天都是充满期待地等候，希望有奇迹出现。

我的态度十分坚决：就是死，也要死在 ICU，绝对不能在这个时刻把父亲推出监护室。

我和华武姑父说：从父亲住院到今天，我们所做的一切抉择都是为了父亲能够好起来，他所遭遇的厄运，也不是我们能左右的。有的旁观者说一些风言风语，也不会改变我的观点和做法，况且我们这么做一切是为了让父亲活下去，不是做给其他人看的。如果父亲在这一段时间内去世，虽然从客观效果上看，不给父亲做手术和三次做手术的结果是一样的，但我依然无悔这一切。

有一件事可以让我的灵魂完整，那就是对于父亲的深深的爱。除了心底的这份爱在支撑我的行为，我不知道还有什么。

下午到西山八大处爬山，锻炼。把身体搞得好好的，等待父亲再次站起来。

"看着没有出路，假以时日，却常峰回路转。是我审案的一点体会。我想世事都是这样。"

没看报纸，还不知武警总医院出了一件大事。5月19日，武警总医院发现一例甲型H1N1流感确诊病例。

21日上午9点多到医院，还不知此事，但发现大门口也安装了体温测试的仪器，而且发现戴口罩的也多了起来。我们在ICU门口等候。先是雷医生出来，介绍了父亲当前的病情，各项指标都还稳定。他说蛋白不够了，赶紧送20支来，致电东哥速送。我们要求探视，雷说有重大情况，绝对不允许。

在回去的路上，谈起猪流感，东哥没有任何惊讶：该来的一定会来。

是日小满，其含义是夏熟作物的籽粒开始灌浆饱满，但还未成熟。于父亲的病情而言，或许是转危为安的起始点，亦是小满吧。

5月22日，照例到武警总医院移植科ICU门口等。

由于护士不让我们再送米汤，我们问及父亲吃什么东西，这位医生说，买两盒无糖酸奶先试一下。问能否探视，她说这段时间你们想都不要想。

似乎陷入一种严重的信息不对称：ICU给的情况、臧主任他们给的信息、我们自己了解到的消息等等，都是不一致的。这对家属的判断与决策是不利的，我们无法决定下一步如何前进。

90多天以来，我们的情绪总在跌跌宕宕，心事起起伏伏，内心跟随父亲的病情也在不停地挣扎。

有时候，我会厌倦这样的日记，觉得于父亲的病并无裨益，甚至重新读它的时候，如同在伤口上撒盐。但最终我还是坚持了下来，如同对于生命，每个人最终都要面对死亡，但我们不应因为这样的结局而抗拒生。过程的意义远远大于结果的意义。也正如对父病的疗救，也非我一己之力量所能进行，这90多天里，至少有60位医生和护士参与了治疗，至少有100位亲人、同学、同事、朋友向我伸出了援助之手。

最终可能无法挽留父亲，但这个过程中的真情，是我最大的收获。一句安慰，一个短信，一个眼神，都让我体察到这个尘世的温暖。

父亲不孤单，我们不孤单。

不到最后一刻，绝对不会放弃。

在医院的近百天，常有近似哲学的深刻体悟，比如父亲孤身一人直面病痛，多数日子躺在 ICU，没有亲人陪伴，身无长物，甚至连衣服都不是自己的。他在清醒时应该是痛苦的，我们家属也痛苦。父亲自身的抗争，院外我们的奔走，一切的努力，只是要父亲回归生命的原初意义：活着。而那些曾经的喜怒哀乐、烦恼、痛苦，在这里统统不是问题了。在生还是死的面前，个体的生命，个体的悲欢都是那么渺小。

和五叔到 ICU 等候口信。嘴边有痣的那位女医生（不知姓名）出来。前几天一直听其他病人询问她，特别仔细，特别温和，有问必答，真的为武警总医院有这样的医生而感佩。

她答复：整体上说，你父亲是这个医院最危重的病号，大家都非常重视。目前不可能指望他在短时间内出 ICU。昨晚发烧到 38 度，今天恢复到正常体温。胆红素还高，300 多。送来的酸奶，护士用针管注入口腔，他自己吞咽下去，但喝得并不多。

　　沈教授极重视，主诊组也天天查看父亲病房，现病情属于重症监护室里的最重的。

　　5 月 25 日，15 点臧主任复信：情况稳定有进步。

　　没想到的是，病情变化莫测！我们正为他好转而庆幸，17 点 30 分突然接到吴医生电话：ICU 监测及时发现你父亲腹腔出血，须开腹探查，如果不手术，病人就会失去血压很快去世；如果同意做手术，赶紧到医院来签字。

我在告知单上签了字，对吴医生说：父亲就交给你们了。

臧主任一身手术装出现在门口，他对我只说了一句：好事多磨。就急匆匆进去。我说：拜托了！这位著名的外科医生从上午到下午一直在一台手术上。还没有来得及休息，父亲就被推了进来。

在不到100天的时间内，父亲的腹腔已被打开四次，他虚弱的肉体已被手术刀切割得支离破碎，我们忍受巨大的精神伤痛，流着泪签字同意，只是为了挽留他。但一次次的手术也让我们越来越绝望，我已清楚地感知父亲离他的亲人越来越远。那些痛苦是实在的还是虚妄的，此刻的我已很麻木。有时我会懊悔，那些让他肉体受伤的决定，亦有亲朋指责我，这样多次折腾父亲实属不孝，但更多时候我一再给自己这样的确信：为了延长父亲的生命，这样做值得！我没有错！

记起前几日检察日报社张社长发来的信：放一个空字在心里，空不是无，但也不是有。

下午6点，7点，8点，9点，10点，11点，0点，凌晨 1 点。我们五六个人在门外,是漫长的等待。这中间,每从手术室走出来一个护士或医生,我们都会问:情况怎样? 或是他们的纪律,没有人说什么,我们听到的都是外交辞令:外科医生会和你们讲的。

凌晨 1 点,臧主任终于走了出来,我们向他道辛苦。亲友们都知道,如果不是这位著名医生的坚持和执着,父亲早就过世了。他说:肝动脉出了问题,给老爷子重新接上了,现在胆汁、血压等一切都好。他说:今天上午我去看时,老爷子胳膊活动已很自如,还自己跷二郎腿。谁料腹腔突然出血。他说:治到这个地步了,就往前走吧。如果放弃治疗,前面一切努力都白费了。只是这次老爷子又受罪了!

凌晨 1 点 20 分,父亲被推出手术室,我们看了他几眼,他两眼紧闭,口、鼻中都插着管子。为了活下去,父亲你受苦了,我们坚信你能勇敢地活下来。

最根本的问题,

重新回到生命

杰克·伦敦写过一篇著名的短篇小说,名叫《热爱生命》。

在篇首语,作者这样写道:

> 一切,总算剩下了这一点——
>
> 他们经历了生活的困苦颠连;
>
> 能做到这种地步也就是胜利,
>
> 尽管他们输掉了赌博的本钱。

他们所剩下的这一点,就是生命。

杰克·伦敦,以巨大的艺术力量表现了对生命的酷爱,帮助一个人战胜了死亡。尽管病饿交加、精疲力

尽，主人公仍然在徒手搏斗中把紧跟在后面的一只饿狼制服，并穿越冰天雪地的荒野挣扎着来到海边，终于被一艘捕鲸船救起。

开篇那首诗，让人联想到生命和生活之间的关系：病狼和疲倦的人在荒野中为了各自的生命而挣扎，生命是他们必须面对的话题，生活 —— 寻求宝藏，反而退居其次了。

生活是生命的过程，亦如一场寻宝游戏。这个过程诚然吸引人，但是生命却是根基，并且是生活意义的所在。

在杰克·伦敦的小说中，当淘金者将自己的鹿皮袋中装满了黄金，志得意满地开始向家进发，厄运也不可

避免地降临 —— 在小说中是狼，在真实生活中是精神危机，是病痛或其他严峻的考验。这时候，最根本的问题重新回到生命。

5月26日，是父亲第四次手术后的第一天。

五叔回到住处，忧心忡忡地说：发烧，39.1度。我说别担心，当初第一次手术的时候也是这样。

东哥电询ICU父亲有没有醒来，答复：病人用了呼吸机，眼睛没睁开，无法判断是否已清醒。最好明天上午过来听外科医生的口信。

这是一个朋友在QQ上写给我的：您看，温和的太阳透过窗户，照在父亲身上，使他那受苦受难的身体充满了暖意。这是一个晴天，一切都如这米阳光一样，会重新开始……

汪璐返回上海，给我短信询问情况，并为父亲昨天的手术而难过。

父亲，你那么热爱生活，热爱生命，会好起来的，会好起来。

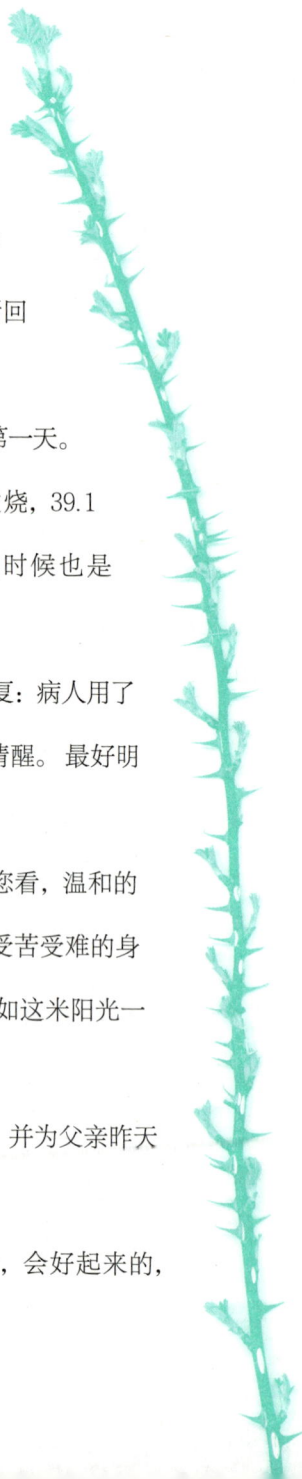

5月27日上午10点，依然是那张靠近南侧的病床，父亲一动不动地躺在那儿，温和的太阳照在身上，使他那受苦受难的身体充满了暖意。

儿子来看你了，我的父亲，你怎么不说话？

这100天，你在巨大的病痛中，我也是心如刀割。我们一起走到了今天，难道你忍心扔下我们，不再陪我们了吗？

父亲，你有没有看到我的泪水，正无声地流着？父亲，你能不能帮我擦一下？你是那么心疼我，怎么不理我啊？

ICU的大夫也为你心疼，他们也不忍心你受这么多的罪。臧主任说，还是希望你能挺过来。父亲，你那么坚强，那么乐观，那么爱我们，那么爱生活，你会挺过来的。

朋友打电话给我，说端午节了，到医院来看看。

朋友们到了，我向他们说明了父亲的近期病情。我说，父亲无法用言语表达，医生查房时，他用尽全身的气力握住医生的手，这个信号说明他求生的迫切。因此只要现代医学有办法，就要继续救治。

臧主任从天津主持硕士论文答辩回京，去看了我的父亲，从 ICU 出来，说他已经醒了，意识还是清楚的。未来两三天如果能扛得过去就有希望了。

端午节，我和五叔、东哥吃了嘉兴的粽子，是孙志安送来的。大家都很沉默，也许都在想念 ICU 里的父亲。

若已不济事,

不乐有何益

　　昨夜得一梦,父沉疴已解,气色白润,赤脚于海边疾走,周围放大光明,吾紧随其后,历数此中委曲,不禁眶盈热泪,问父:此非梦乎? 父曰:非也。 醒来,始知终是南柯一梦。

　　前几日,守东大哥来京,他获准进入 ICU 探视。 因为是医生,他从探视中得到的信息以及作出的判断都是专业的。 他认为父亲目前已出现感染性休克,整个机体因为感染而无法正常运转,肝功能不好,肾衰,发烧,统统是因感染问题,就如一台机器的运转,某个零件的失常会造成整个机器故障。

　　这几个晚上,几乎整夜整夜难以入睡,守东大哥那些实话对我们也是很大的打击,对我们,对父亲,这个情况都太残酷了。与病魔顽强作战的父亲，以及在周围的亲友，像是那个与巨大风车作战的堂吉诃德，尽管事先已知故事的最终结局，还是要拔剑亮剑，真是太悲壮了。

6月2日下午4点，鼓足全部的勇气，穿好防护服，再度进入ICU。这是父亲在武警总医院手术近一个月内，我第四次看他。不到30天的时间，父亲历经三次大的手术，只为延长生命，只为那一线若隐若现的生机。这一个月，父亲几乎没有转入正常的恢复和饮食，靠体外那些各种各样的管子维持身体的运转。

让你的身体遭受这样大的创伤，我的决断是不是错的？在四月初八应用呼吸机而不能言语之后，对你的治疗是否合乎您的本意？

父亲，你的眼神那么微弱，那么迷离。你有没有听到儿子的呼唤，十分钟哭泣中的呼唤，你感觉到了吧，我——您的儿子始终在你的身边，他的心从来没有离开过你。

父亲，我看到了，你紫黑的脸颊，肿胀的手，凌乱的发，急促的呼吸，发热的躯体。父亲，这一切撕裂着你的爱子的心，再也不能复原。

这些天，手机上存满了劝慰我的短信。

6月4日，农历五月十二。早上醒来找干净的衣服换上，穿戴完毕，突然发觉居然一身青色，淡青色的徒步鞋，深青色的长裤，青色的短袖速干衣。无意中的穿着都是伤感的色彩。

9点4分，东哥致电ICU本想问一下是否需要续费，护士确认还有9000元余额后说了一句：医生让你们家属赶紧过来一趟。

ICU与家属的互动，一般是在出现重要情况之时。

五叔、东哥、刘强和我，四个男人二话不说，直奔医院，迅速上到9楼的ICU。臧主任探身出来，神情沉郁，他说老爷子的腹腔再度出血，估计是严重的感染将血管腐蚀，本来还想帮老爷子一把，看来很难了。我们都洞察了这位著名外科医生的难过，五叔事后说，他目睹这位主任亦落下泪水。

父亲最后的时刻正在到来。我大脑一片空白，并未落泪，只记得对主任说了一句话：能否让父亲走的时候少些痛苦？

刘强、东哥、五叔，次第进入，与父亲做最后的告别，我已经没有进入 ICU 的勇气。

他们都是哭泣着出来。我倚靠在 ICU 过道的北侧墙边并无声响，似是在经历一个梦境。

10 点 15 分，父亲的心脏停止了跳动。

在经过 109 天的与疾病斗争之后，乐观、顽强的父亲最终没有击败严重的术后感染，在这个初夏，故于感染导致的多脏器衰竭。

在这一刻，我发现自己曾经所执着过的一切都不重要。

农历五月十二，注定是一个悲伤的日子。从这一天开始，我已经成为一个父母双亡的孩子。阻挡死神的屏障业已全部撤除，下一个直面死亡的，就是我。

11 点，太平间的担架车从 ICU 被推了出来，父亲沉睡于一个宽大的黄色袋子之下。隔着袋子，我用手慢慢抚过他的全身，还是温热的，顿时泪飞如雨。父亲，给予我生命的父亲，就这样永远不再理会他的儿子了！

五叔、东哥、刘强和我，在周师傅的帮助下为父亲更换前些时间买好的寿衣。他的神情很安详，没有忧愁和痛苦，抚过他的全身，只有手和脚开始变凉。周师傅为他整理容颜，梳头，留下一缕发丝给我作永久的纪念。

晚上几乎一夜无眠，尽管无法陪伴父亲身边，也算是守灵吧。

把父亲安放于定制的桃木棺椁之中，推进灵车，我和东哥护送他前往八宝山殡仪馆。

父亲赤条条来到人世间，又赤条条地被推出 ICU，轻轻地来了又静静地去了，连一片云彩也没有带走。在殡仪馆，我们选择了最简朴的小告别厅进行遗体告别仪式，在父亲周围的，全是父亲最亲的人，以及我最亲近的兄弟。

殡仪馆为我们举行了庄重的迎取父亲骨灰仪式，哀乐，致辞，再次引来我们的泪水奔涌。

父亲，我们即将护送您回家。来的时候，您虽然气色不佳，但是情绪是乐观的，是鲜活着的慈父；今天，您却以这样一种冷冰、沉默的形态返回故乡。

望白云有来有去，想吾父无影无踪。任何东西也难以减轻我的哀伤。

"慈父虽西去，但你曾感受到的爱和你曾付出的爱永远都不会失去。"

14 点 20 分，我们一行九人启程。我怀抱骨灰盒，与手捧遗像的东哥、手持灵位的刘强同乘一辆车。

一路无话。在初夏的夜色中，我们悄悄进入县城，驶入蓝宝石花园父亲的家。

父亲，我们送你到家了。

岁末絮语：

想起父亲

这一年最大的事件是父亲的病逝。2月16日他到京，步履快得我都有些追不上，6月4日就走了，110多天炼狱般的煎熬，于他，于我，都是。我用尽所有办法花光了所有钱财，但终是无法挽留他。八宝山火化，没有几个亲人送行，送他回山东，曾经那么鲜活的他，成了一抔骨灰。

心被一刀一刀割碎了。

从没有写日记的习惯，为了记录疗救父亲的过程，开始学着写日记，十万字的流水账，勾勒了整个轮廓，对我们家族来说，亦是一个交代。再也不敢翻看，一看就泪落如雨。

母亲去世，我写了一些短文，那时的心只是疼痛。

现在写父亲，除了疼痛，还感到无助。于这个世界，于人于事，真的是无法把握。

我把所有的力量释放到工作上，怕自己有空隙。一有空隙，就想他，想他，泪流满面。很多的场合，无法自控。8月在云南昆明上课，同学徐梦寒只知道我父亲病了，还不知他已走，在翠湖的大厅拍我的肩膀问："你爸的病好了没有？"我扭头望她，还未张口回应，眼泪就落了下来。

我对父亲其实还不是很了解，他心细如发，以前认为他是个粗枝大叶的人，其实不是。他去后我和很多亲人交流才了解他。

他的善良，与人为善，也是极为动人的。我于暗夜环抱他的骨灰悄然上楼，被邻居听到。那邻居一下子扑倒在父亲的骨灰盒前面，痛哭失声。父亲总能和周围的人相处得很好，性格使然。楼上楼下，左邻右舍，如亲人般。

记得父亲临终的训诫，他都很难发出声音了，还嘱咐我好好工作。为了尽量不去想他，我疯狂工作，疯狂徒步，但走路太多，脚受不了我庞大的体重，在今年11

月 25 日，32 公里徒步选拔赛的 2 公里处，突发急性腱鞘炎。

母亲走后，每年的生日父亲都要和我通话，他也吃长寿面为自己的爱子庆生。今年的生日，耳畔再也没有响起父亲温和的话语。

关于父亲的回忆：

慧根深厚，多有巧技

慧根深厚，多有巧技，是我对父亲的一个侧面的概括。

何以这么说？父亲兄弟姐妹多，小时候几乎没有正经八百读过书，他自己和我讲最多上到小学二年级。19岁到煤矿当工人后，也没有历练文字的机会，但他利用业余时间读书写字，完成了脱盲任务。尽管如此，他离正常的书面表达还有很大距离。

后来，文字尤其是书面表达对父亲来讲不再是障碍，和我有一定关系。父亲40岁，也就是1990年我上大学以后，每月和父亲母亲都有两三封信，连续四年不辍，提高了他的文字水准。父亲逐字逐句把我的信读给母亲听，还要给我回信，遇到不会写的字就查字典。如此

一来，提升了自己的书面表达能力。父亲中年以后也养成随时记事的习惯，在小本本上记录日常生活中的琐事：家庭收入支出、人情往来、出游札记、柴米油盐等等。近些年，我陪他到各地旅游，我看他记载航行的公里数、所到何地、风景名胜、我的同学好友等，极为细致。

父亲自学医学知识几十年。记得少年时，我寒暑假到煤矿去，父亲在集体宿舍的床上总有一本厚厚的医学书，估计足有 500 页。父亲研究那本书足有十多年，他对医学的各个领域多有涉猎，指导着对母亲各种病症的治疗。晚年他又研究中医药、推拿按摩，我喝醉酒，他用葛根煮水给我服用；我四肢疲乏，他给我按摩穴位，都极为有效。

父亲精于手工，最难忘的是编制筢篱。他用井下作业爆破后雷管上的导线手工编制筢篱近 20 年，以每年 20 个的产量，也足有四五百个之多，都赠送给了亲朋好友。

　　父亲精于烹调技艺。80 年代中期，我们还在农村的时候，春节前，父亲带来不少葡萄糖瓶子，里面装满了搅碎的西红柿。原来是他自己制作的西红柿酱。那个时候还没有反季的蔬菜可吃，用这种真空方法保存的西红柿在过年时可做鸡蛋汤，味道纯正。我十几岁时暑假到煤矿，父亲开始教我包饺子，和面、擀面皮、调馅、包饺子，一系列流程都在他亲手示范下学会。今天我包饺子的手艺依然是出自他的真传。至于煎炒烹炸各种菜肴的制作，父亲更是样样精通，堪称家里的大厨。

关于父亲的回忆：

永是高大与完美

办公桌下压着我和父母的第一张合影，是1973年春拍的。父亲戴着一顶有帽檐的圆边帽子怀抱着我，脸庞清秀，双目有神；母亲神情平和地直视前方；而2岁的我则瞪大了好奇的眼睛，直直地看着。那时妹妹还没有出生，未来的生活对一家三口来说，是充满希望的。

那年父亲才23岁，在我们县煤矿当一名工人。20世纪70年代，山东半岛内陆的农村还很穷困，一个村子里有人在外面当工人就能被人高看一眼，这也和当时的意识形态有关——工人阶级是先锋队。今天的工人已经没有旧时的礼遇了。

从懂事开始，我就知道父亲每个月只能回家两到三天。他是井下一线工人，做最重的体力活——挖煤。

他中年以后椎间盘突出等毛病和这种沉重的劳动有很大关系。

父亲往返都是骑自行车，从五图镇到我们村约 90 里，他要用两个半小时到三个小时才能完成这段路途。每次回家，他总是用一个黑色皮包装满馒头。馒头带有一股很香的苏打味，这是我小时候最喜欢的味道。

孩提时代，父亲每个月的回家都是节日，炒菜的灶台会飘起油烟的香味，缺油少盐的 70 年代，能吃上炒菜就是美好的生活。在父亲到煤矿上班的其他日子，家中炒菜的灶台都是冷冰冰的，粗粮、咸菜就是母亲和我、妹妹的日常饭菜，而家里的农活和其他体力活都由伟大的母亲承担。

少时的我，为有当工人的父亲而深深自豪，在同学们的眼神中，在乡亲们的话语里。父亲在我的心中，如此高大、完美，无所不能。

代后记

再出发……

张　琳

一

"老赵"其实并不老，是志刚同学的笔名。正当盛年的他，笔耕不辍，经常以笔名"老赵"发一些诗歌、随笔散文之类的小文，有时发到微信群里，引来大家的围观、点赞。

志刚到党校学习，人还未报到，就先将一大摞要看的书提前邮寄到学校，让人放到他的房间。我当时就想，这得是多爱看书的学员啊！报到第一天，因人多，他并未给我留下特别的印象。也可能是在检察院工作的缘故，使他给人的第一印象有些严肃。一开学，即进入紧张忙碌的学习中，第一周，他代表学员到班级分享了题为《提升政治"三力"》的学习体会，他立意高、思路清的发言给我留下了深刻的印象。

转眼，党校学习已经过半。随着对志刚的熟悉，我感觉他身上除了有着山东人的豪爽、真诚和善良外，还有着文人特有的敏锐观察力和感性素养。一天，他给我发来一篇题为《白蜡树是秋的使者》的散文，看后竟有种"惊艳"的感觉，也让我对这位严肃的检察官有了新的认识。他写道：

凛冽的秋风的确不怎么友好，大略是想裹挟周边的一切奔向远方。远方真的有诗歌吗? 各种树木的叶子一时都有些手足无措，因为风的袭击过于暴虐。然而，白蜡树不这样认为……下午的阳光里，白蜡树的叶子金黄金黄的，晶莹透亮，如此耀眼，却不张扬。一阵风吹过，金色的光芒在树叶间跳跃，恍如一群小精灵在欢快地玩耍。静静伫立树下，目光投向白蜡树上空那大片树叶的光亮，竟有灵魂出窍之感。

二

志刚过 50 岁生日那天，我和几个同学到他房间祝贺，见书架上有两本他写的书，一本是法律专业方面的，还有一本打印出来的书稿《世界上最疼我的人走了》。志刚在一旁解释道:"我父母走得早，都是五十多岁就去世了，这本是回忆和纪念他们的文集。"

问他要书稿来看。他迟疑了一下说:"张老师，这书看了要落泪的。""是吗？"我越发好奇，那倒要看看。想必是写"子欲养而亲不待"的愧疚与思念吧！这样的文字自然最能激起读者的情感共鸣，我当时想。

多年前，我曾看过作家张洁写的《世界上最疼我的那个人去了》。文中描写了柔韧宽仁的母亲在生命的最后几年里对女儿的顺从、依赖、忍让，与刚强率真的女儿对母亲的体贴、埋怨、痛悔。作者那椎心泣血的文字和淡淡的笔触，细腻传神地呈现在读者面前。有时你分明感受到作者心里对母亲的那份自责、愧疚、思念的情绪几近崩溃，但她又始终没有通过文字爆发出来，只是一味地抑制、淡化，唯其如此，反而让人更能感受到那撕心裂肺的痛。这样的克制，真是让人欲罢不能，难以释怀。记得当时看这本书时的感觉，心里一直像有个石头压着，喘不过气来。

三

我看书有个习惯，一般是先翻目录，哪个题目吸引我，就先看哪篇。"相亲时，母亲爬上了树"，这个画面感极强的题目当时一下吸引了我的眼球。我八卦地认为，一定是写志刚相亲时，他母亲为了替他把关，爬上树去观察女方。看完才知是写当年他父母相亲时的趣事。因双方不认识，介绍人领着他母亲去见素未谋面的父亲，并让她在河边等着，介绍人去把男方叫出来一见。趁此机会，他母亲爬上了一棵大树，等他父亲步行到河边，但见空无一人。"她远远地看到了寻寻觅觅的父亲，并看到这个弱冠少年寻人未果而折返的情景。那个时候，母亲心里在想什么，今天已经难以探知。"看到这里，我暗自猜测，他母亲或许是借此暗中观察他父亲，看中了自然好，若看不中顺势躲起来也未可知。由此也可看出，志刚的母亲是一位聪慧而又有主意的女子。正是这样一位女子，一旦决定嫁入赵家后，就把她的青春、智慧、健康、生命，献给了她的丈夫、儿女、家庭，乃至家族。

志刚从小就和他的母亲感情很深："少年时，我第一次出远门，是到离家 80 里的县一中上学。第一个星期天回家，邻居告诉我母亲正在地里收玉米，跑了二里地，找到那大片的玉米地，风吹过去沙沙地响，在地的北头，大声地喊'娘'，母亲听见了，冲出田间，把镰刀往旁边一扔，抱住我就呜呜哭起来……"看到这里，我不觉泪眼婆娑，为母子的感情，更为母亲对儿子的那份牵挂、隐忍。

志刚考上大学，要远离父母去到外地，对于生命中的首次远行，志刚和母亲的感受截然不同，"看到了夕阳中你的奔跑"那篇中，他这样描写道："少年的心还沉浸在远行的兴奋中，你（母亲）却陷于忧伤／你感受到了离别＼感受到了不能把握／……／或许是一出悲剧，男孩榨干了母亲的乳汁，从此远走高飞／你感受到了悲剧的开端和结局，可你义无反顾／母亲，我知道你很难过，因为你感到悲剧就要到来。"望子成龙的母亲，理智上希望儿子有个好的未来，还曾发下誓言，哪怕讨饭也要供他上大学，但感性上，又不愿儿子离开自己的庇护。这是一个两难的选择，也是人生必然的选择。

志刚爱母亲，但母亲更爱他，且爱得无私忘我。上大学时，父母得知志刚生病，连夜赶往千里之外的上海，没有买到座位票，就在列车上站了一宿。参加工作后，因很难见到他，母亲就将思念和疼爱他的方式转化为为他做的一双双鞋垫，这一做就做

了够他一辈子用的鞋垫。志刚说:"鞋垫
垫在脚下,母亲就在身边,母亲的爱和恩
情,时刻缠绕着我,让我站得稳走得正,
踏踏实实闯天下。"

四

志刚的这本书我是断断续续看完的。初冬的夜晚,夜深人静,
在橘黄的灯光下、轻柔的音乐中,读着他一篇篇祭母怀父的文
章,走进他一段段回忆双亲的点滴往事,听一位没有了爹娘的
孩子的亲情呼喊,内心深处最柔软最脆弱的地方在不经意间一
点一点被他的文字感染、浸润,有时还化作晶莹的珠子,噙在
眼里,挂在腮上。字里行间,我又看到了一个至情至性、至纯
仁孝的志刚。

张洁曾说:"当一个人在 54 岁的时候成为孤儿,要比在 4 岁的时
候成为孤儿苦多了"。而志刚在 30 多岁时,就先后遭遇父母的
离世,成了名副其实的孤儿,他内心的痛和苦一定难以排解,无

处倾诉吧！所以，只能用文字来抒发和宣泄心中对父母亲的那份思念，也让人不忍卒读和直面他的哀伤与悲痛。让志刚难以释怀的是，她母亲因心梗走得突然，离世时不足 56 岁。这也是为何母亲的突然辞世，给他巨大的精神打击，让他哀哀欲绝，三年始得振作的原因。好不容易走出悲痛，其父又被查出得了癌症。为挽救父亲的生命，巨额的医疗费，让他几近倾家荡产。最终，母亲去世六年后，父亲也离开了他。

或许，人生就是一场场别离。对于亲人的离去，我们除了追思缅怀，唯有更加珍惜当下。父母亲的早逝，让志刚开始观察人生之无常，顿悟到"子欲养而亲不待"的回天乏力的心碎与悲痛。他写道："生与死，是我们无法把握的，我们能好好把握的是生死之间一段距离，虚空如画，让我们尽心、尽情、尽好地挥洒。"父母在，家就在。在外打拼的人，无论多累，只要回到父母身边，就会感到放松，感到安心和踏实。回家的路，其实就是一条追寻情感源头和精神动力的路。

五

读志刚写的这本书，有很多场景和细节相信大多数人都经历过，都能感同身受，所以能共情、共鸣。事实上，每个父母对子女的爱都是无私的、伟大的，只是表达的方式不同。

志刚的书不仅写出了孝，也写出了父母在艰难困苦中不屈不挠地劳动、奋斗的一生。志刚的父母都是农村人，他们身上有着中国农民善良、质朴、勤劳、节俭的美德，正如他当年的同事、作家莫言在为本书写的《序》里所说：

> 他笔下的爹娘，也正是我们的爹娘；中国之所以能够在困境中崛起，也正是因为有我们的爹娘。他们任劳任怨，他们勇敢善良，他们在黑暗中不绝望，他们慷慨大度，乐善好施，他们为了追求光明不怕牺牲……他们是最普通的人，也是最伟大的人。他们生前是我们的靠山，死后是我们足下的大地。他们的身体化为泥土，但他们的精神会代代传承。

现在，志刚早已从父母离开的悲痛中走出来，振作起来，生活也让他悟到："自己能走出伤心，开心地生活，是对逝去的亲人最好的交代与孝顺。"如果说，作为家庭角色的志刚，因父母的过早离世，有难以弥补的遗憾和愧疚，那么作为社会角色的志刚，深知肩负的责任与担当，唯恐留有遗憾和愧疚。因此，工作中他格外勤奋和努力。如今，志刚每天和同学们一起上课看书，一起跑步锻炼，一起踱方步、冷静思考，一起在党校这所红色殿堂充电。

记得有一天开展"从政经验交流"后，志刚感慨地对我说，这个形式太好了。我们这个年龄正处在人生和事业的关键期，特别需要静下心来总结总结、反思反思，同学之间相互交流借鉴。通过教学相长、学学相长，取长补短，这样才能行稳致远。

衷心希望志刚同学在未来的人生中，一如他在《大有庄·初雪》一诗中所写的那样，更加"挺直"信条，志坚刚强地出发，再出发——

　　校园的雪松巍然

　　　每一枝节都是挺且直的信条

湖畔的金柳仍在飘舞

以纤柔诉说着刚强

我们的布袋

装满了隐忍与坚强

在雪地里前行

出发，再出发

……

图书在版编目（CIP）数据

世界上最疼我的人走了 / 赵志刚著. —— 北京 ：北京日报出版社，2022.1
ISBN 978-7-5477-4102-3

Ⅰ．①世… Ⅱ．①赵… Ⅲ．①散文集－中国－当代 Ⅳ．①I267

中国版本图书馆CIP数据核字(2021)第195634号

世界上最疼我的人走了

出版发行：北京日报出版社
地　　址：北京市东城区东单三条8-16号东方广场东配楼四层
邮　　编：100005
电　　话：发行部：（010）65255876
　　　　　总编室：（010）65252135
责任编辑：卢丹丹
装帧设计：今亮後聲HOPESOUND
　　　　　2580590616@qq.com
印　　刷：山东临沂新华印刷物流集团有限责任公司
经　　销：各地新华书店
版　　次：2022 年 1 月第 1 版
　　　　　2022 年 1 月第 1 次印刷
开　　本：880 毫米×1230 毫米　　1/32
印　　张：8.25
字　　数：120 千字
定　　价：68.00 元